———— 阅读之前 没有真相

午夜文库

相亲中毒

[日]秋吉理香子 著
尹晓静 译

新 星 出 版 社　NEW STAR PRESS

目 录

1 | 如意郎君
41 | 相亲指导书
81 | 理科女相亲实录
123 | 代理相亲

如意郎君

被甩了。他提出的。用手机。

"为什么要跟我分手？是不是我哪里做得不够好？我会改的。"沙织一边手指颤抖着打字回复，一边流泪感慨这句话实在太过悲惨。

"做得不好的地方会改"这种话真是卑微凄惨至极。她心想，如果有人对我说这句话，我一定更讨厌他。结果不出意外，对方立刻回复：

"你看，我就是讨厌你这种低声下气的样子。"

沙织不肯放弃，继续回复说："提分手太突然啦。马上到阿勇你的生日了吧？我已经给你准备好礼物了，总之我们见一面聊聊吧。"

发送完这句话后，手机屏幕瞬间暗了下来，印在屏幕上的是一位紧蹙眉头、悲凉凄惨的奔四未婚女人的脸。

"我之前是这个样子吗？"沙织愣神道。

这之后一直没收到阿勇的回复。沙织想，也许他没收到信息，于是就又给他打了个电话，结果还是没人接。最后她只好通过电话留言告诉他自己想和他通电话。

两人的隔阂从半年前开始产生。阿勇顺利升职成为部门主管，还被上司委派了一个重要项目，而沙织则被公司裁了员。

她想重新找份工作却处处碰壁，雇佣保险也不幸到期。存款快花光时，她不得已回到了距离东京两小时电车车程的老家。

自从异地之后，阿勇一直以工作疲累为由拒绝和她见面。然而与此同时，沙织却听说阿勇开始和新入公司的年轻女孩子约会。沙织不敢跟阿勇确认这件事，没想到没多久就收到了他发来的分手消息。

沙织泪流满面，十分后悔没有挽留住这段感情。再过半年她就四十岁了，而且最近也没机会结识异性，还有可能开启下一段恋情吗？不，即使有可能，也不会再有以结婚为前提的交往了吧。

正当沙织沉浸在悲痛中时，手机突然响了。来不及看来电显示，她急忙按下接听键。

"沙织？"

电话那端传来妈妈的声音，说话还是那么慢条斯理。沙织的期待瞬间破灭了。

住在一起的妈妈觉得爬二楼来找她太麻烦，有事连电话分机线都不打，而是直接打她手机。

"家里有葡萄，快下来吃。"

沙织急匆匆擦干眼泪下楼。本想强颜欢笑，却被妈妈一眼看穿。刚进客厅，妈妈就一脸担心地问她："发生什么事了吗？"

"我被阿勇甩了。"

妈妈的脸色突然变得很难看。她原本就不喜欢阿勇，因为这个男人和沙织谈了三年恋爱却一直不提结婚的事情。沙织还在东京时，妈妈就经常给她寄一些相亲对象的照片，让她早点儿和阿勇分手去相亲。

"果然如此。我本来就觉得他不怎么样。"

沙织刚坐到餐桌前，坐在对面的妈妈就开始不停地说阿勇的不是。

"所以你接下来打算怎么办？女人啊，是没法靠工作活一辈子的。到了四十岁，就没什么异性缘了。真是的，我之前明明给你介绍了那么多对象……"妈妈又开始了一如既往的说教。

刚过三十岁时，妈妈每次给她打电话都疯狂催婚。但当时的她还完全没有结婚的心思，况且，工作得心应手时也不愁找不到男朋友，闺蜜聚会时大家还兴奋地说"不结婚也是有可能的呢"。但时至今日，她惊恐地发现妈妈的说教正逐渐变成现实。当时的男朋友们均已成家，那些在聚会上宣扬"不结婚"的闺蜜也都陆陆续续结了婚，只剩下沙织还形单影只。其他人都一边积累着人生经验，一边朝着结婚之路稳步迈进。

"所以我才早就跟你说快点儿和阿勇分手，去相亲找个结婚对象。"妈妈说道。

这时，沙织想起妈妈之前寄给她的相亲对象的个人资料和照片，其中有很多人的条件都非常不错。于是她下定决心跟妈妈说："我知道了，这次我一定好好去相亲。"

然而，听到这句话，妈妈却愣了一下，接着叹了口气对她说："你在说什么呢？那个时候想跟你相亲的男人早就结婚了。"

沙织目瞪口呆。她从没想过这个结果，她天真地以为只要她愿意，就不愁没有相亲对象。她想了想现在的情况，对妈妈说："那这次就当我求您，给我找个相亲对象吧。我会去照相馆好好拍张照，也会好好写个人资料。"

没想到妈妈却回答说："我说啊，你都快四十了，都成剩女了，我怎么好意思再拜托别人帮你找对象。别人说要给你介绍对象的时候你才刚三十出头对吧？人家那时候就说三十出头已经不算小了。你拒绝相亲的时候人家可是满脸嫌弃地说'这是最后的机会'。事到如今，我再去求别人帮你找相亲对象，他们肯定会说'请您家女儿好好考虑一下自己的年龄'。"

妈妈的这番话，说的就好像自家女儿已经被拒绝了似的，异常真实。

不过沙织也知道，如果真的让妈妈再去求别人的话，说不定两人会吵起来，毕竟妈妈当时一定拜托过人家很多次。

她只好叹了口气说："也就是说谁都帮不了我了，是吗？"

听到沙织的话，妈妈也深深地叹了一口气，对她说："确实没办法。除非我们付钱……"说到这儿，妈妈好像突然想起了什么似的，顿了顿接着说，"话说咱们家附近好像开了一家婚姻介绍所，你知道吗？"

"嗯？婚姻介绍所？"沙织有些惊讶，她还真不知道有这种事。

说实话，她对婚姻介绍所抱有偏见。她觉得在婚姻介绍所里登记的男男女女肯定都有些不可告人的秘密，比如欠债累累、收入过低。她把这些想法如实告诉妈妈后，没想到妈妈吸了吸鼻子嗤笑道："你现在可没资格说这种话。这家婚姻介绍所的口碑特别好，虽不是什么大型婚介所的连锁店，只是咱们本地人开办的一家小型婚介所。不过去登记的人全都家世清白，成婚率也高。"

沙织还是有些犹豫。

"但是——"

没等她说完，妈妈就打断道："他们应该有官网，你搜搜看吧。好像是叫'FATE'（命运）。"

"我知道了，'FATE'是吧，我会看看的。"沙织说完，就起身回到了自己的房间。虽然答应了妈妈，但心里还是有些不爽。这么做让她有一种已经走投无路的感觉，可她内心认为自己还远远没到这一步。

不过她还是打开了这家婚介所的官网，并且发现注册步骤比想象的还要简单。报名费三万日元，会员月费五千日元，介绍费一次两万日元，订婚时的报酬是二十万日元……虽然需要花不少钱，但他们主打"咖啡厅约会"或"公园约会"这种见面方式，感觉比较轻松，能减少一些心理负担。另外，首页上还用醒目的字体写着宣传标语——"请放轻松去寻找命中注定的人"。这一切都让沙织觉得这家婚介所还不错。"FATE"这个英文单词有"命运"的意思，名字也很用心。

总之，沙织先预约了一次免费咨询，填写了姓名、住址、电话号码、生日等信息。虽然只是发送了一些个人信息，但她感觉自己已从被男友甩的阴影里稍稍走出了一步，不由得心情也舒畅了一些。

"FATE"婚介所在山手地区，从沙织家坐公交车的话需要十几分钟，下车之后还要一直往上爬坡。

这一带过去是政府大力开发的新城区，每一栋一户建①都时髦宽敞，附有庭院。而且，由于在山上，景色也很优美。当时还说要建车站，并吸引投资商建大型商场，于是大家纷纷在此安置房产。

但是随着二十世纪九十年代初泡沫经济崩溃，建车站的事情就泡汤了，购物中心自然也没建成。结果，虽然这里景色依旧怡人，但交通却极其不方便。而且，宽敞的庭院需要维护，房屋和车子也需要保养，于是居民们又纷纷搬到了生活便利的车站附近。这导致这片区域人口减少、经济下滑，甚至差点儿成了鬼城。但随着时代的变化，那些在大城市打拼越发辛苦、

---

① 一户建，指独院住宅，通常由一个小院的停车场，部分私有道路，二至三层木造小楼构成。总面积在一百到三百平方米之间。

小地方出身的年轻人又选择回到老家，还有出生在首都圈的年轻人选择逃到小地方来。

妈妈从街坊邻居那儿得知，这家婚介所之所以建在如此闭塞偏僻的地方，是因为这里需求旺盛。这里住着大量离开了大城市、急需扩大交际圈的年轻人，他们听说开了婚介所后纷纷跑来登记，而且他们都是一些非常憧憬婚姻、非常靠得住的人。

沙织在公交终点站下了车，没想到下车之后还要一步一步往上爬台阶。沙织一边数着台阶一边往上爬，发现居然有两百级！爬到最高处后，她看到一栋粉色的建筑物，门口有一块写着"FATE"的心形招牌。她气喘吁吁地走到玄关，按响了门铃。

出来迎接她的是一位中年女性，有一张可爱娇俏的圆脸，身材丰腴。

"是吉本沙织女士吧？恭候多时了，我是这家婚介所的负责人井上幸惠。"

井上的小肚子微微凸起，一边打招呼一边邀请沙织进门。这家婚介所其实是由一栋别墅改造而成的。沙织在玄关脱下鞋子，换上井上准备的印有玫瑰图案的毛绒室内拖鞋。房间里好像点了香薰，空气中弥漫着一股淡淡的清香。

在井上的带领下沙织走进客厅。整个客厅以粉色为基调，处处彰显着浪漫的风格。沙发上印有花朵图案，看起来价值不菲，估计是进口的。沙织刚一落座，就感到一阵疲倦感袭来。

"为什么要开在这么不方便的地方呢？"沙织接过井上端上来的红茶，直截了当地问道。

"哈哈，大家都这么问我呢。理由有两个：我们是小型婚介所，只想做这一带的生意。如果开在引人注目的地方，谁进了我们家大门这种事情一转眼就能传遍整个街区。为了保护客人们的隐私，我选了这里，这是第一个理由。第二个是为了避开那些只想凑个热闹、不是真心实意想相亲结婚的人。如果一个人不怕麻烦、不怕爬台阶，愿意大老远来我们这个偏僻的地方的话，说明这个人对待婚姻的态度非常诚恳。您说是吧？"

原来是这样，沙织心想，确实如她所说，自己就是为了求得良缘，才拼命爬了两百级台阶来到这里的。

"所以，来我们婚介所登记的人呀，全都是真正考虑结婚、积极向上、做事认真的人。正因如此，我们的成婚率才高得惊人。还有，由于我是一个人经营整个事务所，所以能够为客人们提供细致耐心的服务，这一点也深受大家的喜爱，那些大型婚介所就是想模仿也模仿不来。"井上笑着解释道，她身上那种促成过多段姻缘的自信和脸上略带威严的笑容，都让沙织觉得她十分值得信赖。

"那么我们闲话不多说，就开始吧。"坐在沙织对面的井上往前探了探身子，说，"按照您之前的要求，我找了几位合适的人选。其中有一位值得好好推荐。"

沙织之前提的要求都很普通,她希望相亲对象大学毕业,年收入在六百万日元以上,有固定工作,年龄在四十二岁以下。至于身高体重、脱不脱发这种与外貌有关的要求一概没有写。因为她认为自己马上就要四十岁了,不好意思对男方提那么多要求,可以说沙织从一开始就对相亲对象的长相没有任何期待。但当她拿起井上放在桌子上的照片时,不由得惊呆了……

相片上的男人非常帅气,笑容灿烂,牙齿整齐,整个人看起来十分清爽。从全身照来看,他发量不少,身材匀称,一点也不胖。

然而,沙织又瞬间回到了现实。她心想,对这种看起来如此完美的男人不能抱有幻想,完美的背后一定有隐情。比如可能比我还矮?戴了假发?欠人钱?离了五次婚?

井上仿佛看出了沙织的疑虑,继续介绍道:"这位先生很帅气吧。他叫杉下圭司,今年四十二岁。工作单位是丸菱商事,职业是销售,年收入约六百万日元。身高一米七八,体重一百四十斤。"

如果这一切都是真的话,那这个人选真的不错——何止是不错,他的条件配沙织简直绰绰有余。丸菱虽然不是大企业,但也是家乡这边有名的好企业,年收入也不低,两个人都工作的话应该可以过上从容富裕的生活。

"您觉得他怎么样呢?杉下先生喜欢身材苗条、长发飘飘的女性。您正好符合他的要求。"井上说道。

"我想见他！请安排我跟他见面！"沙织有些激动地回答。

为什么这么优秀的人会来婚介所登记呢？为什么到现在都没找到结婚对象呢？被冲昏了头的沙织压根儿没时间想这些问题，就立刻拜托井上帮她安排约会日程。

约会时间定在了三天后。按照FATE婚介所"放轻松相亲"的理念，第一场约会安排两个人一起去吃午餐。在这三天里，沙织将茶色的头发重新染黑，去牙科诊所洗了牙，还买了一件不怎么暴露但也不土气的连衣裙。

精心准备之后终于迎来了约会时间。沙织打开餐厅的大门，强烈暗示自己说：个人资料上的照片一定比本人帅三分，他一定让照相馆的人修了半天。即使看到真人非常失望，也不能把这种失望写在脸上，千万不能让对方发觉。

然而，当她被服务员领到餐厅包间、看到等候多时的杉下时，沙织竟忍不住咽了咽口水——真人居然比照片还要帅气三分！

杉下看到她好像有些紧张，动作僵硬地站了起来。他身上的西装看起来不算高级，恐怕是在大卖场里买的，不过这一带也没有高档服装店或大型商场。沙织打量了他一番，发现他的领带、手表、皮鞋，没有一样是奢侈品牌。但这样的装扮反而增加了沙织对他的好感。阿勇倒是打扮时尚，但花钱如流水，如果是找结婚对象的话，还是这种穿着朴素的人比较合适。而且，在身穿高级西装的丑男和身穿便宜西装的帅哥之间，女孩子一定会选后者。

"你好，我是……我是杉下。"

他的脸突然变得通红，前言不搭后语地做着自我介绍。浓黑的眉毛因为紧张而微微皱着，非常迷人。比起油嘴滑舌的男人，还是性格敦厚的男人比较好。

"我是吉本沙织，请多多指教。"沙织微微歪着头说道。她之前看到时尚杂志上说，女性这样做会让人觉得既可爱又优雅。

刚开始聊天时话题经常中断，但吃完正餐、准备吃甜点时，两人找到了开车兜风这一共同感兴趣的话题。沙织深深地被杉下迷住了，他长相帅气，气质磊落大方，重要的是这些他自己都没意识到，这一点从他那不太讲究的发型和衣服上就能看出。无论怎么看，杉下都是一位非常理想的结婚对象。

"那……我们下周一起去开车兜风吧。"面对杉下小心翼翼的邀请，沙织立刻回答说："乐意至极。"

这之后，每次约会沙织都能感受到杉下的温柔体贴。他会帮沙织打开车门、会在车里播放沙织喜欢的音乐家的歌曲，外出时会给沙织买能留下回忆的纪念品，拍下的照片也会立刻打印出来送给她……总之，杉下对待沙织非常用心。由于工作性质，杉下经常去海外出差或研修，每次回来都会给沙织带当地的礼物。

中头彩了。

每次见到杉下，沙织都觉得自己非常幸运。第一次在婚介所登记，而且是小地方的婚介所，就能找到条件如此出色的男人，真的是太幸运了。

不过，沉浸在幸福中的同时，沙织的脑海里也一直萦绕着一个疑问：为什么杉下这么优秀的人至今仍是单身呢？

难道说，他虽然没离过婚但是个花花公子？虽然没欠人钱但沉迷赌博？或是妈妈和兄弟姐妹性格恶劣？沙织也在若无其事地寻找线索，但并没发现什么端倪。杉下愿意把家里的备用钥匙给她，对柏青哥①和赌马也没兴趣。双亲早已离世，亲戚中只剩下哥哥和嫂子了。

杉下的条件本就出色，再加上这些，至今未婚的事实就更加不可思议了。莫非他有什么致命的弱点至今自己还没发现？

"沙织，你怎么了？"杉下一脸不安地看着沙织。今天他邀请沙织来自己家，此时正在厨房里忙上忙下。虽说做的是奶汁烤菜、沙拉之类不怎么费工夫的简单料理，但手法和味道都不错。会做饭的男人非常加分，女人不会轻易放手的。

"杉下，"沙织下决心问出心中的疑虑，"我能问个问题吗？"

"怎么突然这么说，你想问什么呀？"杉下有些警惕地回

---

①一种弹珠赌博游戏。

答道。

"你为什么至今都没结婚呢？你的条件这么好，怎么还要去婚介所登记呢？"沙织非常直白地问道。

"嗯……你问我为什么……这个……"杉下有些语无伦次，视线也有些游离。

"难道说……你是这家婚介所的托儿？"沙织小心翼翼地问道。

"啊！"杉下突然吓人一跳地喊了一声，随后又平静下来说，"什么啊，我还以为你要说四十多岁的单身男人很恶心，想跟我分手，真的吓死我了。那个，我之前没什么恋爱经历，虽然因为喜欢孩子想早点儿结婚，但公司里没多少女生，没机会认识异性。听说附近开了家婚介所，就立刻去报名登记了。不过我真的不是那家婚介所的托儿，唉，我好像也没法证明自己……啊，对了！"

杉下翻着桌子旁边的唱片盒，拿出了一张纸，对沙织说："你看，这是登记付钱后的发票，没错吧？"

的确是FATE婚介所的发票，和沙织收到的一样。不过杉下那张发票的日期是三年前。

"杉下，你三年前就报名登记了？"沙织惊讶地问道。

"是的。"杉下回答道。

沙织心想，杉下这样的条件，婚介所不可能三年内都没介绍过相亲对象，也就是说……

还没等她问，杉下就挠挠头说道："那个，我相亲过三次。"

听闻此话，沙织的胸口像被针扎了一般，内心想，果然如此啊。

她继续问道："三年只有三个相亲对象，是不是有点儿少？"

"我和其中一个交往了很长时间，是很认真的交往。"杉下老老实实地回答。

"那后来怎么样了呢？"沙织追问。

"那个……怎么样了啊……"杉下低下头想了想，接着抬起头微笑着回答，"那个，应该说是没有缘分吧。"不知为何，沙织觉得他的笑容看起来有些冷酷，她第一次对杉下有些顾虑。

在回家的路上沙织陷入了沉思，原来之前的三位相亲对象都被他甩了啊。

按理说，应该没有女人会拒绝他才对，所以之前应该都是他主动拒绝了别人。他到底为什么跟之前的相亲对象提出分手？她们有哪些地方做得不够好呢？是不是有一天他也会抛弃自己？井上会不会突然对自己说"这是杉下拒绝您的回信"呢？即使两人的关系已经到了他给我家里钥匙的地步。如果分手的话，是不是要由婚介所出面来解决纷争呢？

沙织已经深深地爱上了他，想和他一起迈入婚姻的殿堂，想被他喜欢，无论如何都想跟他结婚。

思前想后，沙织决定找到这三个人，跟她们问个清楚。羞耻心她已经顾不上了，也没考虑会不会给她们添麻烦，沙织下定决心，要找到她们问个清楚。

三个人的姓名和地址非常容易就找到了。沙织趁着杉下去国外出差时用备用钥匙开了门，找到了他的唱片盒。做事一丝不苟的他肯定把与ＦＡＴＥ婚介所有关的东西都和发票整理在一起了。

果然不出所料。沙织在一个有ＦＡＴＥ婚介所Logo的文件夹里找到了那三个人的简历和照片：

　　片山逸子　三十五岁

　　山树缘　　三十八岁

　　布川由美　三十六岁

三个人都留着中长发，妆容自然淡雅。身高约一米六，身材苗条，双眼皮，大眼睛，高鼻梁。三个人都算得上美人。而且，这三个人都与沙织有些相像。也就是说，杉下对女性的样貌有统一的偏好，这让沙织的心情有些复杂。

在每个人的个人资料空白处，杉下都详细地做了标注。不仅记录下了她们的家庭住址、电话号码、工作地点、兴趣、养的宠物，还详细记录了约会日期、约会地点、吃的东西……甚至巨细靡遗地记下了对方的日常习惯：七点起床，八点出发去上班，九点到公司，下午五点半下班；周三晚上六点开始上钢琴课，周四晚上七点去健身房……突然，沙织仿佛想起了什么似的哗啦一下打开抽屉，果然，她发现了自己的照片和个人资料。并且如她所料，她的个人资料上也记得密密麻麻：每周三和妈妈一起去女士餐厅用餐，等等……连沙织自己都想不起来有没有告诉过他的事都被他详细记录了下来。

难道说……他是个跟踪狂？

沙织心想，她一直以为是他甩了前女友们，但现在看来，也许是那些女人受不了他而选择离开。

沙织拿出手机，鼓起勇气拨通了片山逸子的电话，没想到没打通。山树缘、布川由美的号码也换了使用人。三个人都联系不上，也许是因为她们想和杉下断绝联系，所以换了手机号码。如果是这样，那就更要问问她们到底是怎么回事了。

沙织决定上门拜访她们，她知道这么做很不合常理，但这事关她的婚姻，甚至关系到她的人生。

片山逸子住在隔壁区，沙织想，既然电话号码都换了，说不定也搬家了。一想到这里，沙织就放不下心来。

不过她还是来到了杉下记录的地址这里，眼前是一栋宽敞的独栋小楼，门牌上写着"片山"二字。

沙织心下暗喜，太好了，看来这是她老家。

按响门铃后，前来应答的是一位上了年纪的男人。

"不好意思打扰了，逸子小姐在家吗？"沙织对着门口的摄像头，尽可能礼貌地问，当然不忘面带笑容。

"您找逸子吗？不好意思请问您是……"

"我是 A 中学和她一起参加过篮球社的同学。时隔多年未见，今天恰巧路过，想来拜访一下。"

多亏杉下详细地记录了逸子的个人信息，她才能编出这么个比较令人信服的谎言。

"逸子她……不在。"

"这样啊，那她什么时候回来呢？"

"那个……她不在了。"

"那她现在是一个人住吗？您能告诉我她现在的住址吗？"沙织尽量问得自然些，想紧紧抓住这好不容易得来的线索。

"不是这个意思。"屋里说话的人应该是逸子的父亲，他重重地叹了一口气，接着说，"逸子去世了。两年前，因为交通事故……"然后他就挂断了通话式门铃，留下沙织一个人站在门前发呆。

死了？片山逸子死了？

虽然心中有诸多疑惑，但留在这里也得不到更多有用的信息，于是沙织回去了。

接着去寻找第二个人——山树缘。见到她之后，也许能问出有关片山逸子的消息。

沙织找到了住在隔壁市的山树缘的住址，是一间小小的公寓。门口塞满了传单，看来很久都没人清理过。

难道说她搬家了？

就在沙织失望时，恰巧隔壁有位男士走了出来。他看到沙织后，瞬间吓了一跳。

"不好意思请问一下，这个房间……"

听到沙织这么问，男人往后退了退，又从上到下仔细打量了一番沙织，然后神色放松下来，说："吓死我了，我还以为山树小姐回来了。你是她妹妹吗？你们俩长得好像啊。"

"嗯？不是、不是。"

"啊？不是吗？那真是不好意思。哦，我知道了，你是来租这个公寓的人？"在沙织否定之前，他自顾自感伤地继续说道，"别住这儿了。这里风水不好，这个公寓出过事。"

"出过事？"

"对啊，自杀。"

"自杀……"

"之前在这里住的山树小姐，一年半前在房间里自杀了。"

第一个女人片山逸子因为交通事故死了，第二个女人山树缘自杀了……

坐电车前往第三个女人的住所时，沙织心中已有一种不祥的预感。

布川由美住在公司的公寓里，沙织向一位正好从楼里出来的女性打听了情况。果然，她的预感没错，布川由美已经死了，据说是一年前左右在海里溺亡。

这到底是怎么回事儿？与杉下相过亲的三个女人都死了，这不太可能是凑巧吧，肯定有蹊跷。

沙织在大脑一片混乱中回了家，也吃不下晚饭，径自躲在自己的房间里闭门不出。就在此时，杉下打来了电话。

"我刚刚出差回来。能见一面吗？"

"现在？"沙织看了一眼时钟，已经晚上十点多了，于是回答说，"太晚了，明天见面不行吗？"

"我真的很想见你。求你了，我现在去接你。"

沙织难以拒绝他的请求，一边叹气一边磨磨蹭蹭地做着准备。之前和杉下的约会都令她兴奋和期待，如今她却完全没有兴致。她跟妈妈说了一声后便出了门，朝着公园走去。她家门口的马路太窄，车子开不进来，杉下每次开车来接她时，她都特意走到公园附近，方便上车。

夜已深，路上没有行人，公园里也空荡荡的。

沙织暗自埋怨道："真讨厌啊，漆黑一片的。"

她又想了一下，觉得还是拒绝这次约会比较好。然而就在这时，马路尽头突然出现一束车灯，并逐渐向她靠近。坐在驾驶席上的似乎就是杉下，仿佛正在寻找沙织似的，车子开得非常非常慢。

明明沙织刚刚还非常苦闷，但见到杉下后又萌发了对他的爱意。一想到他刚从国外出差回来就不顾疲惫特意跑来见她，沙织心里就抑制不住地高兴。她一边跑向车子，一边冲他挥手，并大声喊："欢迎回来！"

但是，车子却直冲冲地开向沙织，没有停下或减速的意思。

"什么情况？"

沙织迅速躲闪，摔倒在路边。车子从她身边开过去后突然一个急刹车，打开了后车灯，刺眼的白光瞬间照亮了整条马路。

居然开过来了！沙织在内心大喊。

马路很窄，根本无处可逃。正当她一脸绝望时，公园里走来了几个年轻人。沙织正打算大声呼救，肩膀却突然被人紧紧抓住。

"没事吧？"杉下细细观察惊恐的沙织。

不知何时，杉下已经停好了车，打开后车灯好像只是为了倒车时确认位置。

"你这样太危险了吧？吓死我了。"沙织又惊又气地埋怨道。

"对不起，沙织，但你突然跑过来也吓了我一跳。"杉下一边说着，一边留意身后那群年轻人，好像非常在意他们。

"我以为你会停车啊！"

"你跑过来之前我没看到你，发现你之后才急急忙忙踩了刹车，但还是没来得及，吓到了你真对不起。受伤了吗？能站起来吗？"

"嗯……"

在杉下的催促下沙织站了起来，并慢慢上了车，坐到了副驾驶席。

"也不是说补偿你,不过,我要带你去一个有意思的地方。"杉下温柔地说着,发动了汽车。

虽然不太能接受他的解释,但沙织心想,也许他当时就是没看到我吧。或许因为那三个女人的事情,让我有些神经过敏了。仔细想想,她们的死好像和杉下毫无关系。交通事故、自杀、海里溺亡——这些全都不是杀人事件。换个角度来看,他反而是一个不断失去爱人的可怜男人,然而我却在怀疑他……

沙织一边反省,一边望着窗外不断后退的城市夜景。

汽车驶入山路,不断开向大山深处。四周没有一户人家,连路灯都消失不见了。杉下的SUV行驶在满是石子的小道上,车身剧烈地摇晃着。

"杉下,我们要去哪里呀?"沙织战战兢兢地问道。然而杉下只是紧握着方向盘,一言不发。他的侧脸十分严峻,仿佛下定了什么决心似的。

"杉下?杉下?"沙织刚打算触碰一下他握着方向盘的手,车子就突然往一边倾斜。沙织的上半身随着车子剧烈晃动,头狠狠地撞在了车窗上。一瞬间,她的大脑痛得一片空白。

"好痛!"沙织喊道。

然而杉下只是沉默地望向前方,没有表现出一丝关心。漆黑一片的汽车内,只有仪表盘的灯光由下而上打在杉下的脸上,他脸上的阴影令人毛骨悚然。沙织不禁疑惑,来这深山老林里到底要做什么?

她看了一眼手机,发现没信号,这样一来也就没法呼救。车子后面有没有其他车呢?沙织打算回头看看。

她一回头,就发现车后座上放着一个纸袋子,随着车身摇晃,袋子里的东西隐隐约约在发光。

沙织吓得吞了吞口水。

那个是……刀子?!

突然,车子停了下来,这在沙织的意料之外。骤停的冲劲儿使她本来拼命向后探的身子差点儿撞到仪表盘,还好系着安全带。

"沙织……你刚刚回头了?"杉下直勾勾地盯着沙织,声音沙哑地问道。在漆黑的车中,他的眼白甚至有些刺眼。

"嗯……嗯……没看到什么。"沙织拼命摇头回答。

"真的吗?"杉下语带威胁地追问。

"真的啦。"沙织尽量平静地再次回答。

杉下一边紧紧盯着沙织,一边向车后座伸出了手。

他要杀了我!

沙织想打开车门逃生,但车门被锁住了,完全打不开。沙织陷入恐慌之中,猛烈地敲击着车锁。

"沙织,你在做什么?"杉下一边问,一边抓住沙织的肩膀。

完了、完了,没救了。

沙织已彻底绝望。她回过头来,发现杉下手里拿着一个银色的亮晶晶的东西。

我要被刺死了!

沙织仿佛认命似的闭上了眼睛。

"沙织,你到底怎么了?"听到他的问题,沙织颤巍巍地睁开眼睛,发现他的手里拿着一个精巧的小盒子。

幸好不是刀子……沙织松了一口气,全身放松下来,但还是止不住地冒冷汗。

"你从刚开始就很奇怪,真的没事吗?"

"啊,抱歉,现在已经没事了。这个是当地的特产吗?谢谢你呀。"

沙织刚打算伸手去拿,杉下却突然绷紧身体、正襟危坐道:"沙织……"

"嗯?"

"嫁给我吧!"杉下说着,把小盒子递到沙织面前。

沙织呆呆地望着杉下好一会儿,浑身渐渐起满了鸡皮疙瘩,喜悦之情溢满全身。

"你要结婚?和我吗?"

"沙织,我只考虑你一个人。请答应我吧。"

杉下又一次恭敬地递了递小盒子,低着头等她回应。

沙织收下了小盒子,视线转向车窗外的风景,结果惊呆了——眼前竟是绚丽灿烂的夜景。

至此，沙织恍然大悟：原来杉下是想在浪漫的地方向我求婚啊！所以才拼命开车，表情严峻恐怕也是因为过于紧张吧。反倒是我，一直在瞎想……

想到自己误会了杉下，沙织脱口而出说道："对不起啊。"

听到沙织的道歉，杉下仿佛快要哭了，抬头问道："为什么要跟我道歉？是在拒绝我吗？"

"啊，不是。我当然是答应你啦。我也是，只想和你结婚。"

"真的吗？太好了！！"

杉下紧紧抱住了沙织。

在杉下的怀抱里，沙织觉得自己幸福得快要昏过去了。她在心里低语：终于遇到了真命天子、我的一生挚爱。接下来，我要和他一起组建一个温暖幸福的家庭。

拥抱过后，沙织问道："我可以打开礼物吗？"

"当然。不知道合不合你心意。"杉下回答。

沙织打开银色的礼盒，暗笑自己居然把它当成了杀人凶器。这个首饰盒比装戒指的盒子要大一些，沙织打开后，发现是一条项链。

居然不是戒指！沙织有些失望。不过，项链吊坠上的宝石光彩夺目，沙织不禁惊叹一声："这是钻石！"

沙织取出项链仔细观察，吊坠上镶有一颗看起来有一克拉以上的钻石。

"对，出差的时候买的，我觉得很适合你，你觉得怎么样？我不太会挑选首饰……"杉下有些紧张地打量着沙织的神情，脸上充满爱意。

"我还是第一次收到这么漂亮的礼物。"沙织温柔地说着，吻了杉下。

"快给我戴上吧。"沙织督促道。

杉下从沙织手中接过项链，将它绕在沙织的脖子上。

杉下小心地搭上项链锁扣，沙织望着在胸前摇晃的钻石，暗自沉醉。她有些得意地想：妈妈和朋友都没有这么大的钻石，一定非常贵吧，原来他这么爱我呀。三个月之前我刚被人甩了，没想到现在居然这么幸福。

"啊！疼！"一阵刺痛将沙织从沉醉中拉回现实。

突然之间，项链勒住了沙织的脖子。她无法呼吸，拼了命地甩开杉下。

"你在做什么？"沙织流着眼泪，剧烈地咳嗽着。泪眼中她看到杉下脸色铁青，双手还握着项链的锁扣。

"对……对不起！车里太暗了，我……我没找到锁扣的位置。拉项链的时候不小心勒到你了。"杉下一边惊恐地道歉，一边抚摸着沙织的背。然而沙织突然汗毛直竖，下意识地拨开了杉下的手。杉下有一瞬间面露痛苦，但还是迅速笑着对她说："这次我会好好戴上去的。"

这么说着，他再次给沙织戴项链。冰凉的项链贴在了沙织的皮肤上，触碰着脖子的大手让她感到害怕。车里只有两个人，完全是一个密室。沙织突然觉得杉下这个男人很可怕，她的脑海里浮现出那三个女人——片山逸子、山树缘、布川由美，她们都是和杉下相过亲然后死掉的女人。这样下去的话，自己是不是也会……

"别弄了！"沙织用力推开杉下，项链也随之掉在车里。杉下呆住了，而沙织却紧紧盯着他。

"送我回家！"沙织吼道。

"啊？但是……但是……"杉下有些惊恐，还有些不满。

"我妈知道我来和你约会了，刚刚公园里的那些年轻人也看到我上了你的车。所以拜托你快送我回家。"沙织一口气大声说完这些话，剩下杉下一个人怅然若失。

不过，他的表情立刻阴暗下来，一言不发地启动了引擎。在狭窄的山路间，杉下驾驶着车子转了好几个弯，终于开到了山脚。

看到回家的路，沙织松了一口气，眼中充满泪水。为防止杉下做出奇怪的行为，沙织一直紧紧盯着驾驶座。杉下的脸色越来越难看，不过仍然一言不发地缓缓开着车子。而沙织只想赶紧回到市区，赶快回家。她一边这样想着，一边死死盯住杉下。钻石项链在沙织的脚下滚来滚去，但这对她来说已经不重要了。

第二天，沙织醒了。

时间已临近中午，阳光透过窗帘的缝隙洒进房间，小鸟叽叽喳喳叫个不停。下楼时沙织发现妈妈正在做午饭，一如往常。昨天的事如梦一般，但沙织知道那是现实。那个她想要共度一生的人，差点儿杀了她。

"哎呀你起床了，今天起得真晚。"妈妈看到沙织下楼，对她说道。

"对，今天起得比较晚。"沙织有些无精打采地应道。

"今天也要出去约会吗？"妈妈有些兴奋地问道。她非常中意杉下，很期待女儿能和他走到一起。

听到妈妈这么问，沙织有些惊讶，愣了一下之后回答说："我应该不会再和他见面了。"

"果然如此啊……"妈妈点了点头说，"你们吵架了吧。"

"吵架？"沙织反问道，内心想，妈妈难道知道自己和杉下的事？

"今天早上杉下来家里了。"妈妈一脸欣慰地说。

"嗯？"沙织却一脸惊讶。

"我不太清楚你们俩之间是怎么回事儿，不过他为昨天的事向你道歉。本来我想叫你起床的，但是他说只是上班之前顺便过来看看你，你不用起床也行。"妈妈解释道。

沙织有些糊涂，他到底想干什么？

"他说，如果你还想跟他聊聊的话，就晚上六点在你们经常去的咖啡店见一面。你要不要去看看？"妈妈继续说。

妈妈慢吞吞地切着菜，她对昨晚发生的一切全然不知。妈妈不知道杉下之前有过相亲对象，更不知道那三个杉下在FATE婚介所认识的女人全都死了，而且昨天，沙织自己也差点儿被杀了。

"别说了，我不去。"沙织冷冷地回答。

像现在这样，在明亮的正午母女聊着天，是沙织家的日常。沙织觉得昨天发生的事很不真实，忍不住又细细分析：为什么杉下变得那么可怕？可是如果他真想杀了自己的话，完全可以动手。尽管当时沙织威胁他说妈妈知道他们出来约会的事，又提出公园里也有目击者。但是这几点杉下打从一开始就知道呀！难道说，这一切都是误会？昨天窗外的夜景美轮美奂，钻石项链也精美奢华。他明明是个不太擅长讨女孩子喜欢的人，却拼了命地想给她惊喜。仔细想想的话，准备杀人的人会把钻石项链当作凶器吗？怎么想都应该会选择更加实用的东西，比如说刀子或锤子什么的，而且这些东西随处可见。

"你真的不去见他吗？你会后悔的，像杉下条件这么好的人，以后绝对不会再有了。"妈妈停下切菜的手，探出身子对沙织说道。

妈妈说得确实有道理，沙织开始觉得昨天的事情是她的错。

但她还是有些害怕。和杉下有关的三个女人都死了，她们的死亡不可能和他毫无关联，如果不消除这个疑虑，沙织就不能接受他。但是周围的人肯定都认为她们的死只是不幸的事故而已。沙织甚至去问了参与调查的警察，但他们也只说出了一些媒体报道过的内容。怀疑三个人的死亡不是巧合的人，就只有沙织。

不对，不止我自己。沙织猛地从餐桌前站了起来。

"我出门了！"急匆匆地收拾了一下，沙织便火速离开了家。

再次乘坐公交车来到ＦＡＴＥ婚介所，她想去问问井上。作为给杉下介绍相亲对象的人，她肯定知道那三个女人的事情，而且她肯定也知道她们死亡前后的行踪和状态。

还有几分钟就到终点站了，透过车窗却眼见着天上的云朵越积越厚——本来万里无云的晴空中突然聚集起大片黑云，没一会儿就下起了暴雨。

真不走运。

一想到还要爬那么多级台阶，沙织就想打退堂鼓：要不打电话问问算了？但是转念一想，还是去一趟吧，她真的很想好好问问井上到底知道些什么，并且打算从井上的声音、神情和动作来一窥究竟。

在终点站下车的只有沙织一个人，从这里出发还要爬两百级台阶。幸亏她习惯带把晴雨两用伞出门，才不至于被淋成落汤鸡。不过她十分后悔穿了双高跟鞋出门。

沙织打算根据井上说的话来决定晚上要不要与杉下见面。就是因为还想着晚上可能要跟杉下见面，她才特意穿了一双意大利产的名牌高跟鞋。明明都这么怀疑他了，却还是期待与井上见面之后能消除对他的怀疑，沙织想，自己果然还是对他抱有一颗爱慕之心啊。

终于走到了FATE婚介所门口，她急忙按响了门铃。对着摄像头自报家门后，就见井上拿着毛巾急忙打开了门。

"哎呀，这是怎么了？怎么淋成这样？快进来。"

沙织脱下已淋湿的鞋子，换上了毛茸茸的拖鞋。井上让沙织坐在沙发上，手脚麻利地为她端来刚泡好的红茶。

"突然来访是有什么事情吗？"坐在沙织对面的井上仔细观察着她，试探性地问道。

"那个……我想问问有关杉下的事。"沙织回答说。

沙织的话还没说完，井上就"啊"的一声叫了出来，紧接着神情悲痛地叹了一口气。

"他有什么地方不合您心意呢？您是从大城市里来的人，是觉得他有点儿土气吗？可是朴素一点的男人不也挺好的吗？至于年收入这点吧，天外有天，人外有人，往上比没个尽头。现实点儿来看，他的收入也不算差。拜托了，再和他交往一段时间吧。"井上喋喋不休地说着，双手放在桌子上，仿佛在哀求沙织似的。

"我不是这个意思。那个……"沙织有些害怕井上的气势，但还是开口说，"不是这样的，我很喜欢他。"

"这样子啊，那您想问什么呢？"井上追问道。

"我想了解一下他之前交往过的对象。能告诉我吗？"沙织认真地问道。

"有女人去您那里闹事了吗？"井上又问道。

"没有。那个……他之前的相亲对象都去世了吧，就是您给他介绍的那三个人。"沙织问出了心中的疑惑。

井上一开始有些茫然，随即就用力点头，说："是的，片山小姐，山树小姐和布川小姐，她们真的很可怜。"

"那……她们三个人到底出了什么事呢？"沙织继续问道。

"她们的死确实有点儿不合常理，而且她们生前都曾是杉下先生的女朋友……等一下，莫非您在怀疑杉下先生？这就是您今天来找我的理由吗？"井上仿佛明白了什么似的。

"对。"沙织老实地应道。

"这就是您大老远跑过来找我的原因？"井上又问了一次。

"是的。"沙织坚定地说。

听到沙织的回答，井上愣了一下，然后突然趴到了桌子上。井上保持着这个姿势不动，随后微抬起头盯着桌子，突然她的肩膀开始颤抖，接着全身摇晃，最后竟然倒在了沙发上。

"哈哈哈哈哈，沙织小姐您的想象力可真够丰富的。"井上倒在沙发上狂笑不止。过了好一会儿才一边擦着笑出来的眼泪，一边站了起来。

这次轮到沙织一脸茫然了。

"我说啊，就算我们这儿是乡下，出了事也会有警察好好调查的。杉下先生是她们之前的交往对象，当然被询问过。不过她们去世时他都有不在场证明。"井上解释道。

"嗯……是这样吗？"沙织还是第一次得知此事。

"而且不是和家人在一起这种比较暧昧的不在场证明。我记得片山小姐出事的时候杉下先生正在国外出差；山树小姐出事的时候杉下先生在向广告代理商汇报工作；布川小姐去世的时候，他在做什么来着……哦对，那时候山下先生正带着地方电视台参观公司呢。每一个都是不容置疑、非常完美的不在场证明。因此他一点嫌疑都没有。"井上一边回想一边说道。

"原来是这样啊……"沙织认真听着。

"而且，你想想，如果他真的有嫌疑的话，那三位女士的家人能轻易放过他吗？所以说，她们确实都是因为遭遇不幸的事故而丧生的。"井上说道。

听完井上的解释，沙织之前的疑虑一扫而空。她突然觉得自己苦恼的事情非常可笑，忍不住放声大笑起来。井上像被她传染了似的也放声大笑，她们俩就这样面对面笑了好一会儿。

"真是的，我像个傻瓜一样。"沙织笑着说。

"我已经解释得这么清楚了，您和杉下先生再走不到一起的话，我可就难办了。我还想拿我的红娘礼金呢！"解除了沙织的疑虑之后，井上半开玩笑地说道。

"说的是呢。话说回来，我觉得差不多可以给您报酬了。"沙织想到昨晚的求婚，抑制不住脸上的笑意说。

"真的吗？"井上的声音有些激动。

"是的，昨天杉下向我求婚了。"沙织说。

"啊！"井上惊讶得大喊了一声。

"但我不是还有些顾虑嘛，后来还吵起来了。不过，我待会儿要和他见面，到时候会跟他和好的。"沙织憧憬着接下来的约会。

"快跟他和好吧。真是恭喜你了！对了，请等一下。"井上离开了一会儿，然后端着托盘拿来了一个蛋糕。

"今天是个特别的日子，祝福你。"井上伸出舌头，俏皮地说道。

接着，她一边哼着歌一边开始切蛋糕。不过她给自己分的那份只有给沙织的那份的一半。

"啊，您给我分了一块这么大的，多不好意思啊。"沙织有些过意不去。

"没事的、没事的，我在减肥呢。"井上用胖乎乎的手指指着自己的嘴巴，一边笑一边说。

"这样啊。"沙织应和道。

"之前尝试了很多减肥方法，包括吃中药，但都失败了。因为我太爱吃甜食，所以总减不下去。"井上一边这样说着，一边往嘴里大口塞着蛋糕。她这副样子在沙织眼里显得非常迷人。

"井上小姐，您结婚了吗？"沙织忍不住问道。

"哈哈哈！虽然我开着一家婚介所，但其实我还没结婚呢。"

而且我和你同岁。"井上笑着回答。

她的话让沙织有些惊讶,沙织附和道:"这样啊。"

"是不是我太胖了,所以显老?"井上问道。

"没有的事。"沙织立马摇头否定。虽然极力否认,但她其实一直以为井上已经五十多岁了。

"没关系、没关系,从事这个行业的人,还是看起来稳重一点比较让人容易信赖。"井上这么说着,又笑了起来。

沙织看着她,心想:和我年龄一般大的人,已经白手起家开创了一番事业。同为女性,沙织感到十分佩服。井上确实给人一种安心感,也许正因如此,她才能够成功。

"哎呀,雨好像小点儿了。"井上看了眼窗外。

沙织望着窗外,天空确实有些转晴。

"你晚上还要和杉下约会呢吧?几点呢?"井上问道。

沙织回答说是晚上六点,在车站前的咖啡馆见面。井上看了一眼时钟,已经四点半了。

"杉下先生现在应该还在上班吧。趁着雨小,你还是赶快过去吧,今天不是要回应他的求婚吗?"井上的语气里充满欣喜。

在井上的催促下沙织打算离开。出门换鞋时,发现高跟鞋里不知何时塞进了吸水的鞋垫,这让沙织感到心里很温暖。井上真是个细心周到的人。

沙织跟井上约定,回应了杉下的求婚之后,就立即来婚介所提交结婚报告书。说完便离开了。

婚介所门口的路很泥泞，高跟鞋的鞋跟总是陷进土里，经过艰难跋涉沙织终于走到了台阶前。要是错过三十分钟一班的公交车，那可就麻烦了。沙织一想到还要赶车，便加快了脚步。

然而，就在此时，有人推了她一把。她从两百级台阶的顶端毫无防备地滚了下去，身体和头部多次撞击坚硬的水泥地。随着翻滚，视野也不停旋转，但她还是看到了一个黑色的人影——是杉下……

沙织心想：难道他一直在监视我？果然这一切都是他的阴谋。他知道我开始怀疑他之后就心急地想要除掉我。

意识蒙眬中那个人影再次进入了沙织的视野。

不对，不是杉下……

那个人……那个人是……沙织的身体还在不断往下滚落，她感觉视野越来越模糊，终于彻底失去了意识。

太好了！太好了！我又除掉了一个女人。

井上站在两百级台阶顶端，一脸满足地看着倒在血泊中的沙织。大雨天还穿那么高的高跟鞋爬台阶，根本就是自杀。只要摔下去，她肯定会摔得四分五裂。只需轻轻一推，就能杀死沙织。

"就凭她，还想夺走我的圭司，别开玩笑了。"井上轻哼着说，忍不住回想起遇到圭司之后的事：

我最爱最爱的圭司，从他第一次来婚介所时我就爱上了他，我怎么能允许他和其他女人结婚呢？可是我又不得不给他介绍其他女人，毕竟如果他不来了，那我就再也见不到他了。

所以，一旦看到他喜欢的类型，我就会牵线搭桥。等知道他向我亲自介绍的女人求婚后，再果断地将其处理掉。杀人没什么难的，我不会留下任何证据。

第一个女人，我趁着夜色把她推到了车来车往的车道上……

第二个女人，我谎称要商量结婚的事，跑到她家把她灌醉，然后用毛巾勒住她的脖子，再绑到门把手上……

第三个女人，我假装和她在海水浴场偶遇，在游客稀少的地方狠狠地把她的头按进海里，让她溺死……

至于这次的女人，吉本沙织。

她说圭司已经向她求婚了，真没想到竟这么快。不过，多亏了她告诉我，我决定立刻处理掉她。

本来还想着尽量多让他们相处一段时间的，毕竟之前我的客户里已经死了三个女人，这么快就又有一个女人死了，难免会招来周围人的怀疑，但事到如今我已别无选择。趁着取蛋糕庆祝求婚时，我偷偷把她的高跟鞋鞋跟弄松了。外面刚下过雨，地上又泥泞又滑，她的鞋底肯定会沾满泥，再加上鞋跟是松的，警方绝对会认定为意外死亡的。实际上，就算我不推她，她也会滚下楼梯。

啊，太满足了！

井上情不自禁地哼起了歌。

再等等我，圭司，我马上就会变成你喜欢的女人的样子了。这三年内，我割了双眼皮，鼻子里垫了硅胶，还削了腮。接下来只要我减肥成功……

我必须要减肥成功，如果做不到的话杀多少人都没用。我再给他介绍两个女人吧……不，再给他介绍一个女人。在这之前我一定要瘦四十斤。

快点发现我的心意啊，圭司，我做这一切全都是为了你，为了我们两个人的将来。

再给他找一个相亲对象吧，井上心里想着，推开了FATE婚介所的大门。

相亲指导书

在摇摇晃晃的电车上,圭介突然打量起周围的人——秃头男、肥胖男、酷似谐星的丑男……基本上都是些女生从生理上就接受不了的中年油腻大叔。他们不仅长得丑,而且从穿的西装、鞋子及戴的手表来看,他们还没钱。

然而,他们中的大多数左手无名指上都戴着结婚戒指。居然有女人愿意跟这样的男人共度一生,而且对于那些女人来说,他们还是不可替代的人。一想到这些,圭介的内心就犹如火烧一般。

工作日傍晚的电车上,只有他一个人穿着一身黑色西装,打着黑色领带。他刚参加完高中同学的葬礼,现在正坐车回家。

那位三十岁的单身朋友在自家公寓里突发脑出血,倒地不起,当场去世。然而,半年内没有一个人知道他已经死了。

死者是一位自由摄影师,不用每天都出门上班,所以周围的人都以为他出去旅行拍照去了。

他的父母早已去世,没有女朋友。直到自动扣款的银行卡里的余额不够交房租,房产中介上门来找他时才发现他死了。据说中介打开门后看到的尸体已经像具木乃伊了。圭介一直以为孤独死去是老人才需要担心的事情,没想到和他同为壮年的高中同学竟然一个人孤零零地离开了人世。圭介心想:如果他结婚了的话，妻子应该会立即打电话叫急救车吧。肯定不会就这样终此一生。

一想到这里，圭介就觉得这件事和他也有莫大的关系——葬礼结束后，他变得热切期望能找到生命中的另一半共度余生，希望早日拥有家庭。

圭介决定去相亲，但他不知道具体该怎么做。

圭介身高一米七三，体重一百三十四斤，自认为身材不错，长得也不难看。不过他高中上的是男校，大学学的又是女生很少的理科，所以在恋爱方面很没经验。迄今为止只交往过三个女生，而且都是对方主动追求的，他自己从未主动过。原本他是打算在身边寻找对象的，但作为程序员的他，身边实在没多少女生。公司里的女同事也不多，而且大多数已经结婚了。

由此种种，圭介便在书店买了一本相亲指导书。他这一代人，无论考试还是工作，都习惯于参考指导书和指导手册。其实什么方式都行，圭介只是想找到一个前进的方向。

回到家后他立马翻开了书。书里的内容分为"相亲对象的选择""聊天的方法"等好几章，第一章是"相遇的方法"。

书上说，虽然在婚姻介绍所报名登记需要交手续费，但总体来看，这种方式还是值得信赖的。相亲网站虽然操作简单，但是毕竟看不到真人，所以容易给人一种不安感。除此之外，书上还介绍了传统意义上的相亲和联谊的优缺点。

圭介不停地往下看，突然在某一页停了下来。

街亲。

圭介从没听过这种相亲方式。书上写道，与传统的联谊活动必须自己凑人数相比，"街亲"的好处是有专门的主办人帮忙召集参与人。这种方法兼具联谊和派对的优点。

圭介对这种新奇的相亲方式非常感兴趣，用电脑查了之后发现，有很多种模式，比如仅限二十多岁的人参加的、仅限平成年间[①]出生的人参加的、仅限奔三的人参加的……活动形式多种多样，主办方也各不相同。

圭介在电脑上查了半天，看到了一个"推荐新人参加，室外烧烤联谊"的宣传语。好像是一个大家一起在室外烧烤，同时寻找意中人的活动。上面写的推荐理由是：与居酒屋和饭店相比，室外的空间更大，大家可以一边切菜烤肉一边聊天，比较轻松自由。

确实，在室内相亲的话，如果坐在对面的人和自己聊不来，那真的非常悲惨尴尬。从这点来看，室外烧烤在一定程度上能活跃气氛，让大家的兴致更高一些。

圭介迅速在网上报了名。男性的参加费用是七千五百日元。圭介想，即使没找到意中人，好歹也能吃一顿烤肉，也挺划算的。这样想着，他痛快地用信用卡付了钱。

活动当天秋高气爽，万里无云，是一个室外烧烤的好天

---

①平成是日本的一个年号，在一九八九年至二〇一九年使用。

气。圭介出发去了目的地公园。

根据相亲指导书上的教导，圭介提前理了发，刮了胡子，修剪了指甲。第一印象很重要，要给别人清爽的感觉。

公园很大，已有一些全家出游的在准备烧烤了。圭介找到拿着粉色小旗的工作人员，准备签到入场。

"抽个签，决定座席位置的。"工作人员对他说。

圭介抽到了五号桌。五号桌只来了他一个人。他环顾四周，发现一共有六张桌子。从桌子上摆放的纸杯数量来看，估计一桌只有四个人，也就是说，参加这次活动的总共有二十四人。其他桌都已坐了几个人，正在互相介绍。

会来什么样的女孩子呢？想到这里，圭介开始紧张起来。为了缓解一个人待着的尴尬，他从冷藏箱里拿出一罐冰啤酒，拉开了易拉罐的拉环。

"这里是五号桌吧，今天请多多关照啦。"圭介刚喝了一小口，就听到身后传来一位女生的声音，声调婉转动人。

圭介慌忙擦了擦嘴，回头一看，发现身后站着一个戴着白色帽子、穿着牛仔裤的女孩。她皮肤白皙，身材姣好，长得也娇俏可爱，是个十足的美人。

"请问我可以坐这里吗？"她对看呆了的圭介说。

"可……可以，请坐、请坐。你想喝点什么呢？"圭介兴奋地让她坐在自己身边，然后打开冷藏箱，对她说，"这里有啤酒、鸡尾酒、软饮和加了苏打水的烧酒……什么都有呢。"

"是的呢。那我要一罐鸡尾酒好了。靖子姐你呢？"

"那我要一罐啤酒吧。"

听到另一个女生的声音，圭介不禁抬起了头。刚才注意力一直被戴着白色帽子的美女吸引，完全没注意到后面还有一个人。不过可惜的是，另一个女生长得一点都不漂亮，就算想说句恭维话都说不出口。不仅丑，而且很胖。两个女生一比较，她完全就是漂亮女生的绿叶，真是可怜。

"我叫矢部圭介。"圭介自我介绍道。

"我叫爱奈。"戴白色帽子的漂亮女生说。

"我叫田渊靖子。"担当绿叶的女生说。

田渊听起来就有种土气的感觉，真可怜这个丑女，连名字都这么难听。

"你们是朋友吗？"圭介一边递给她们鸡尾酒和啤酒，一边问道。他自己都没想到居然如此自然地搭上了话，也许是一心想跟漂亮的爱奈打好关系吧。

"靖子姐是我的朋友，也是我在公司的前辈。"爱奈回答。

"这样啊。那顺便问一下，你们在哪儿上班呢？"圭介追问。

"我们是护士。"靖子回答。

圭介一边在心里吐槽说又没问你，一边在脑海里想象着爱奈穿着护士服的样子。

就在他沉浸在喜悦之情之中时，五号桌的最后一个人走了过来——是一位貌似酷爱冲浪、看起来有些轻浮的男人。他自我介绍说叫高木。

看到爱奈和靖子两个人后,他的视线也自然而然地落在了爱奈身上。很明显,他的目标也是爱奈。

"大家都到齐了吗?"主办人通过麦克风问道,接着说,"前四十分钟内不能更换座席,不过四十分钟之后就可以随意坐了。好了,大家尽情享受烤肉吧。干杯!"

话音落下,四处便传来罐装酒碰撞的声音。圭介看了看第一桌到第六桌的女生,发现爱奈是其中最漂亮的。

圭介想到相亲指导书上写着:看到理想型之后就要积极行动。想到这里,他忍不住捏了捏啤酒罐。

四个人开始动手准备烧烤。才刚开始洗菜,高木就高调地对爱奈发起了攻势。

"爱奈你住哪儿呀?"

"爱奈你喜欢听什么类型的音乐?"

"爱奈你喜欢吃意大利菜吗?我知道有家店不错哦。"

虽然圭介也下定决心主动追求,但这对初学者来说确实不容易,他十分后悔被高木抢了先。看着他们俩聊得火热的样子,圭介只好跟靖子聊起了天。因为书上说,对待漂亮女生和丑女要一视同仁,这是礼貌。

"护士真是辛苦啊。"

"嗯,确实。"

"你做了多久了?"

"我高中学的就是护士专业，二十岁成为一名护士。今年三十岁，正好做了十年。"

圭介嘴上附和着，其实在侧耳倾听爱奈那边在聊什么。这番偷听让他得知：爱奈住在港区，喜欢听肖邦的钢琴曲，喜欢吃意大利菜，但更喜欢吃自己做的饭，所以不怎么在外面吃饭。

听闻这些，圭介对爱奈的好感越发强烈了。

如果能住在港区的房子里，一边听肖邦的ＣＤ一边吃她亲手做的饭，那可真是太幸福了！

"虽说已经做了十年护士，但我还是要继续努力。每天都能从患者身上学到很多东西。现在大部分情况都能处理了，不过也还是会时常反省，必须继续磨炼技术才行。"靖子热忱地说道。

然而，沉浸在幻想中的圭介根本没听靖子在说什么。

"矢部先生你是理科生对吧？程序员具体都做些什么工作呢？"靖子问道。

虽然恍惚中听到了靖子在问问题，但圭介现在心思不在这边。因为高木离爱奈的距离太近了，这让圭介内心有些烦躁，盘算着怎么才能把他们俩拉开。

"矢部先生？"靖子喊着他的名字，才让圭介回过了神。

"抱歉，你刚刚问什么来着？"圭介根本没听到靖子刚才的提问。

"关于你工作的事情。"靖子简单说道。

"啊，这个啊……"圭介一边敷衍地回答，一边紧紧盯着高木和爱奈。

"那个……"洗完菜后，爱奈开口说，"料理台太窄了，又只有两把刀，我觉得我和靖子姐两个人来做比较快。你们两位能帮忙生火吗？"

"好的。"高木有些遗憾地回答，然后转身对圭介说，"矢部，我们去生火吧。"于是高木回到了餐桌前。

"哎呀，小爱奈真的太可爱了，而且才二十八岁！"高木忍不住感慨道。

两人喝了一杯酒后互换了名片，高木看着圭介的名片，同时一只手熟练地拨弄炭火。

"我参加过无数次相亲活动了，但像小爱奈这么漂亮的女孩子，还是第一次见。"高木毫不掩饰地说。

"高木先生，你参加相亲活动很久了吗？"圭介忍不住问。

"差不多一年前开始的吧。可惜一直没找到喜欢的人。"高木吹着烧红的炭火，小声说。他虽然外表看起来有些轻浮，但长得确实很帅。

"高木你一定很受女孩子欢迎。"圭介实诚地说，没想到高木却连连摇头。

"跟你说句实话，确实如你所说，我倒是挺受欢迎的，但是不知道为什么，周围人都渐渐结了婚，反倒只剩我一个人还单着。可能是因为我看起来像个花花公子吧,所以女生们都对我有戒心。说实话,我现在也会随意去搭讪女孩,但是谁想跟招之即来的女孩结婚啊。矛盾就矛盾在这一点喽。总之呢,我现在是在认真地参加相亲活动。"

"这样啊……"

"在我看来,矢部你的条件不错哦。"

"我?怎么会……"

"你的年收入是五百万日元对吧,如今这个世道,你这个收入算是优质男了。"

圭介惊呆了。自己这点年收入,就算是单身,也过得算不上宽裕。

"在大多数相亲网站上,除了医生和律师这种高收入职业,公务员和普通职员年薪能到五百万日元以上就算是优质男了。"

"不会吧!"

"虽然你穿得有点儿土,但长得还行。你看看周围的男人,很多人一看就是宅男,对吧?"

确实如高木所说,来参加这次相亲活动的男性,即使从男生的角度来看,也大多是不受欢迎的类型:有人邋里邋遢的,有人穿着印着偶像头像的T恤,有人一个劲儿地聊动漫,还有人疯狂说着黄段子……

"说句心里话,女生的质量也不怎么样。刚进会场时我简直失望死了。特别是那个丑女。"高木把鸡肉放在铁板上,一脸嫌弃地说。

"丑女"很明显是指靖子。圭介被高木无所顾忌的言论惊呆了,不自觉地抬头看着他。

"干吗?觉得我是个渣男吗?"高木半开玩笑地说。

"没……没有。"

"矢部你心里也是这么想的吧,不可能没想过吧。"

高木说得对,自己内心确实也是这么想的,只是不像他那样直接说出来而已。

"不过有小爱奈,就什么问题都没有了,她在这里简直是鹤立鸡群。我打算追她,高木你也打算追她,对吧?"

"嗯,差不多吧。"

"我就知道。"

高木处理完鸡肉,打开了一罐烧酒,笑着对圭介说:"那你我可就是情敌了。"

爱奈和靖子回来后,高木举止自然地坐到了爱奈身边,不停跟她搭话。这既是在向圭介宣战,也是为了让他无法插话。圭介本来还想着跟靖子再聊几句,结果靖子说"啊,忘记拿淘好的米了",然后慌慌张张地跑去了料理台。圭介有些手足无措,只好一个人默默地摆弄着铁板上的蔬菜。

圭介发现铁板上的蔬菜都切得十分规整,不仅大小几乎相同,而且处理得很用心:不好烤的蔬菜特意切成薄片,香菇上特意划上了十字纹。他忍不住仔细盯着看,结果爱奈一脸害羞地说:"别看那么仔细啦,这里提供的刀不太好用,切得都没有平常好。"

"我盯着看是因为这样切蔬菜就很容易烤熟啦。"

"是吗?那可太好了。"

"这是小爱奈你切的?"高木问。

"是的。"

圭介心想,怪不得爱奈说自己喜欢做菜,原来厨艺这么好。

"有机会真想尝尝小爱奈亲手做的饭啊。"高木接过话,并且自然地把手搭在了爱奈的肩上。

这……这种做法明明是禁止的。

相亲指导书上说,初次见面时不能跟女生有身体接触。果然,爱奈一边说"高木先生你真是",一边若无其事地把高木的手从肩上拿开。

高木正在以他的方式认真地追求爱奈吧。圭介觉得自己也不能输给他,于是回想着相亲指导书上的内容,鼓起勇气准备行动。

"抱歉,大家久等了。"靖子端着装着米的浅筐回来了。她走起路来显得很笨重,也许是由于体形太胖,她看起来不仅粗枝大叶的,而且感觉十分愚钝。烤盘里还有一些切得乱七八糟的蔬菜,估计就是她切的。

"没关系的,靖子小姐快过来坐。鸡肉快烤好了。"圭介笑着说,让靖子过来坐,保持着一副对谁都很有礼貌的样子。

相亲指导书上还说，主动给大家盛取食物会给人留下好印象，因此，圭介积极主动地往大家的盘子里夹菜和烤肉。

"真是谢谢你，一直帮我们夹菜。"爱奈注意到了圭介的体贴，感激地说。

"没啦、没啦，我没做什么，烧火和烤鸡肉都是高木先生做的。"圭介回应。

相亲指导书上说，因为不清楚每位男性参加者认识多少女生，所以为了今后的发展，在和男性接触时也要尽量保持礼貌。

圭介一直遵守相亲指导书上的教导行动，也许是确实有效果，只听高木开心地回应："矢部你真是礼貌周到。"

自由交谈时间开始后，所有男性果然都一窝蜂地挤到了五号桌前，他们当然是冲着爱奈来的。高木和圭介都死守着原来的座位。高木依旧坐在爱奈身旁，圭介坐在爱奈对面。虽说如此，周围的男人还是连珠炮般疯狂地问爱奈问题，导致圭介和爱奈根本说不上话。无奈之下，圭介打开一罐烧酒，打算向坐在旁边的靖子询问有关爱奈的情况。

"爱奈小姐在职场上是一个什么样的人呢？"

"爱奈人很开朗，待人接物也很得体，大家都很喜欢她。"靖子笑眯眯地回答。

"她来参加相亲，说明她目前没有男朋友吧？"

"对啊。"

"是在认真地寻找结婚对象吗？"

"嗯，不过说实话，其实是我硬拉她过来参加的……"

"啊？"

"嗯。"靖子有些扭捏地说，"参加这种相亲活动不是需要很大的勇气吗？我一个人没有勇气过来，就拉着她和我一起报名了。"

"这样啊……"

圭介心想，原来是这样，这么漂亮的大美女来参加相亲活动本来就很匪夷所思，原来是被公司的前辈拉过来的。

"爱奈人很温柔，没嫌我烦，答应我也来参加。其他的后辈就没那么好说话了。"

圭介甚至忍不住想跟靖子说：带一个大美女和自己一起参加相亲活动，这简直是大错特错。当然，他没有说出口，只是微微点头，说："这样啊。"

爱奈愿意在难得的休息日陪前辈来参加相亲活动，确实很温柔。

"但是，参加相亲活动对爱奈来说果然是个麻烦啊。她无论去哪儿都太受欢迎了。"看着一大堆男人围着爱奈团团转，她一副应付不来的样子，靖子大大方方地说。

圭介心想，也许靖子的性格就是比较与世无争的那种吧，所以连自己彻底沦为配角都意识不到。

爱奈可能是实在应付不过来了，她站起来对靖子说："靖子姐，我们做点儿吃的吧。"接着又对身边的一群男人说："抱歉，我们要开始做饭了，请让一下。"很明显这是在赶他们走。男人们迫不得已，只好不情愿地离开，有人甚至在离开之前递上纸条说："这是我的 Line 账号。"

靖子站了起来，她们两个人把剩下的蔬菜和肉放到了烤盘上。

"咦？还要烧烤吗？不是要做饭吗？"圭介疑惑地问。

其他组已经开始用电饭煲蒸米饭、准备做咖喱饭了，靖子和爱奈两个人却还在用烤盘，这让他感到有些不可思议。

"做好了你们就知道了。"爱奈带着坏笑说，她做这种表情都可爱至极。

"哎呀，饮料没了。你们能从主办方那儿再拿一些饮料过来吗？"爱奈对高木和圭介二人说。

话音刚落，他们俩就起身去拿饮料。

"小爱奈好像对其他桌的男人没啥兴趣呢。也就是说，胜负就在你我之间。"高木一脸认真地小声说。

烧烤活动马上就要结束了，再过一会儿，胜负即可见分晓。

二人先往冷藏箱里补充了一些冰块，又拿了一些饮料回来。这时发现烤盘外包着锡纸，更猜不透靖子和爱奈在做什么菜了。

"还要等二十多分钟。"靖子说。

等待过程中四个人开始闲聊，其他桌的男人们纷纷投来羡慕的目光。看到自己所在的五号桌受到这么多人的关注，圭介忍不住感到骄傲。

"差不多可以了吧?"爱奈揭开锡纸。

烤盘上铺了一层被染成黄色的米饭,米饭上有青椒、茄子、西红柿、肉和虾等,色彩丰富,看起来就好吃,扑鼻的香气更是令人垂涎欲滴。

"太厉害了。这是什么菜?"圭介问。

"算是西班牙海鲜饭吧。用剩饭就能做,做法很简单哦,对吧?"爱奈一边回答一边看向靖子,靖子点了点头。

"但是,是怎么让米饭染色的呢?你们不会带了藏红花吧?"高木问。他好像也很精通料理。

"怎么可能,是拿这个代替的。"爱奈笑着,从冷藏箱里拿出了一小瓶姜茶。

"姜茶里含有姜黄,姜黄就是做咖喱的香料。"爱奈继续解释。

"小爱奈真是会随机应变呢。"高木吹了声口哨。

"快吃吧,很好吃的哦。"靖子把西班牙海鲜饭盛到纸盘子上分给大家。

大家迫不及待地尝了一口。

"真好吃!"高木和圭介齐声说。

"真的吗?太好了。"爱奈在胸前小幅度拍了拍手说。

这个女生太厉害了。这么年轻就做得一手好菜,还会随机应变。而且开朗温柔,和她在一起很舒服。

她要是我女朋友就好了。

看着外表和内在都无可挑剔的爱奈，圭介已被她迷得不可自拔。

自由聊天时间结束后，所有参与者要在恋人配对卡上写下自己中意的对象的名字和想对对方说的话，然后交给主持人。如果配对成功，主持人会公开宣布。

圭介当然写了爱奈的名字，并特意强调是被她的内在美所吸引。

"接下来开始宣布配对成功的名单！没想到今天竟然诞生了四对恋人。"

被叫到名字的男女在众人的掌声中站到了主持人的旁边。第一组、第二组、第三组……

"果然不行啊……"圭介小声嘀咕。

就在他放弃的瞬间。

"矢部圭介先生、上原爱奈小姐，恭喜你们配对成功！"主持人的声音响彻整个会场。圭介感到难以置信，慌慌张张地站了起来，向主持人身边走去。他身旁站着一脸羞涩、面色绯红的爱奈。

"下面，我要宣读爱奈小姐写给矢部先生的留言：很喜欢他细心照顾每个人的样子。再次恭喜二位！"

台下，高木一脸悔恨。圭介心想，自己竟赢过了混迹情场多年的高木，原因就是完全忠于相亲指导书的教导。

四周掌声雷动，圭介兴奋得想大叫。

不过也不能得意忘形，圭介知道，第一次约会才是真正意义上的胜负关键，带爱奈去什么店吃饭之类的当然也要参考相亲指导书。

选择的要点是：不能太吵，餐桌的间隔不能太近的店。如果餐厅太吵，很容易听不到对方说的话，如果餐桌间隔过近，说的话很容易被隔壁桌的人听到。圭介考虑了半天，决定拼一把，准备带爱奈去银座的法式餐厅。为此，他先预约好了座位，还提前查好了见面地点到餐厅的路线。

"哇，好棒的餐厅。"

一踏入店内，爱奈就忍不住环顾四周。她今天挽起了头发，穿着一件清新可爱的连衣裙，比店内的任何一位女顾客都美。圭介十分自豪自己能和这样的大美女约会。

他们喝着香槟聊起了天，聊着比如最近看了什么电影、看了什么深有感触的书之类的。爱奈在言谈之间尽显可爱，圭介发现自己越来越喜欢她了。

结账时，爱奈十分客气地说："今天真是谢谢你请客。"

圭介一边暗喜爱奈果然是个礼貌周到的女生，一边说出了准备好的话。

"女生为了约会已经准备了很多，包括化妆、穿搭和首饰什么的。身为男人，请顿饭是理所当然的。"

这是相亲指导书上教的话。如果只是请客吃饭，很容易让女生误认为居心叵测。但说了这句话，女生就不会觉得对方是为了请客而请客了。

"但是，这么高级的餐厅……"温柔的爱奈还是有所顾虑。

看到爱奈的反应，圭介又脱口而出另一句事先准备好的话。

"如果实在不好意思的话，待会儿请我喝杯咖啡吧。"

这句话既能消除对方的顾虑，又能延长和对方在一起的时间。然而爱奈却露出非常抱歉的表情回答说："抱歉，我明天是早班，四点就要起床，想直接回家休息。"

"啊，这样啊。能和你一起吃饭我就已经很开心了。"圭介急忙接话。

爱奈低下了头，再次说："谢谢你请我吃饭，这次不能陪你喝咖啡，真是抱歉。"

真是一个认真的女生呢。明明是个大美女，却不恃宠而骄。

想到这里，圭介刚刚的遗憾心情一扫而空，反而开心极了。

二人走出了餐厅，在都营地铁检票口前告别。圭介非常不舍，目送爱奈远去，但爱奈却连头都没回一次，径直走下了楼梯。圭介有些失望，一个人向JR站走去。突然，胸前口袋里的手机振动了一下。

"今天真的非常开心。有空请再约我出去玩吧。爱奈"

原来是爱奈发来的信息，还附上一张自拍照，好像是在站台上刚拍的。她这么着急下楼，原来是为了发信息啊。

圭介下意识地把手机放到胸前，眼眶湿润，看来第一次约会很成功。

之后他们每周约会两次。每次见面都特别开心，圭介越来越喜欢爱奈。

不过，由于爱奈的假期不固定，所以约会总是安排在工作日的晚上，而且每次只能见几个小时。两个人一起吃个饭，连饭后喝杯咖啡的机会都没有就分别了。爱奈总是一脸疲惫地说："一直上夜班，都没好好睡觉。"

圭介想，最起码要让爱奈吃得开心，所以拼命带她去知名餐厅吃饭。虽然高级餐厅真的贵到离谱，但他一心想让爱奈开心，所以每次都硬着头皮请客。

可约会只是吃饭的话未免太单调，圭介偶尔也想来一次真正的约会。于是某日下定决心给爱奈发消息。为了不让爱奈有戒心，他这样写道：

"我们每次约会都只是吃饭太无聊了。如果你必须早回家，那我们早点儿见面怎么样？"

然后就收到了回复：

"那下次吃饭之前我们去逛街吧。五点在表参道见面。"

和爱奈漫步在表参道上——光是想想，圭介就觉得兴奋。

约会当天，爱奈打扮得比平常还要漂亮。表参道上洒满落日余晖，十分浪漫。

爱奈一家接一家地逛时装店，说实话，圭介觉得无聊极了，简直是一种酷刑。然而相亲指导书上说"和女生逛街时不要抱怨",圭介便笑眯眯地陪爱奈逛。

爱奈走进了LV。圭介之前从未去过奢侈品店,等反应过来,发现自己已经陪着爱奈看玻璃柜台里的商品了。

爱奈试戴了做工精致的金属材质手镯,问道:"你觉得这款怎么样?"

奢华的手镯和她纤细白皙的手腕相得益彰。

"很适合你。"

"是吗?那我要这一款。"

听她这么说,女店员笑眯眯地说:"这款是二十万六千二百八十日元。"

太厉害了,女孩子买个手镯居然要花二十万日元!圭介事不关己一般,在一旁呆呆地听着。

然而他发现爱奈没有掏出钱包的意思,而是一直盯着他看。这时他才意识到,爱奈是希望他买下手镯,作为礼物送给她。

圭介忍不住冒冷汗。

虽然很想拒绝,但爱奈的眼神中充满期待。他偷偷看了看店内,发现身边的情侣都是女生挑选、男生付款,这似乎是常态。

没办法了。

圭介心想,存款有三百万,这次的花销就当是结婚花销的一部分好了……

圭介下定决心，掏出了信用卡。然而，经常使用的那张卡因为频繁在高级餐厅消费而超过了刷卡限额，导致没刷成功。他又急急忙忙掏出另一张卡，却发现爱奈面露不悦。不过，拿到扎着丝带、印有LV的小盒子时，她立即满脸笑容，对圭介说："圭介，真是太谢谢你啦！"

　　圭介心想，只要能看到她的笑脸我就满足了。嗯。

　　一次性花了一大笔钱也让圭介有些兴奋，而且让他沉醉于自己居然能给心爱的人买这么贵的东西的自豪中。

　　其实他的这种做法大错特错，但作为相亲新手的圭介自然不知道这些。

　　从那天开始，爱奈的要求变得越来越高——想要普拉达的衣服、想要香奈儿的鞋、想要迪奥的钱夹……

　　圭介不想被爱奈讨厌，只好拼命满足她的要求。然而，当为她花的钱达到一百万时，圭介有些受够了。

　　他想，自己可能和爱奈在金钱观上合不来。要是两个人结婚了，这可是个致命的矛盾点……

　　突然，相亲指导书上的一句已经熟悉到几乎能背下来的话浮现在圭介的脑海——无论长得多漂亮，频繁让男人花钱的女人都不适合结婚。当发现对方是这种类型时，就不能再把她当作结婚对象来看待。

　　圭介回忆起，只有最开始两次，爱奈在他埋单后表示很不好意思，到了最近，连"谢谢你请我吃饭"这种话都没说过了。发信息聊天时她也只是冷冷地回复一句"下次想去哪儿哪儿吃饭"，完全没有感情。而且，若带她去的餐厅档次稍微不如上一次，她就马上甩脸色。

即便如此，圭介也从未想过和她分手。每次和爱奈走在街上，他都能感受到周围男人向他投来的艳羡目光。对于既不是帅哥也不是富豪的圭介来说，可能这辈子都交不到这么漂亮的女朋友了。他必须想办法和她走下去。

虽然和她在一起很花钱，但身为男人，实在太想有爱奈这样一个美女陪在身边当装饰品，这可是身份地位的象征。只要结婚了，前期这些挥霍掉的钱也算收回了本儿。

圭介强迫自己接受这一事实，第一次无视了相亲指导书上的教导。

"圭介，马上到圣诞节了。"

爱奈一边吃着米其林三星的西班牙料理店里的菜品，一边说道。

听到"圣诞节"三个字，圭介内心有些抵触，同时也有些期待。

"每年圣诞节我们护士都办派对，圭介你要来参加吗？"

难得的圣诞节要参加团体活动啊……圭介有些失望。不过，这是爱奈第一次主动邀请他，说实话他非常开心。

"嗯，一定参加。"

"太好啦！那派对计划什么的也交给你来做可以吗？我不擅长做这些，每年都是靖子姐帮我的。你们能一起合作的话那就太好啦。"

"和靖子小姐一起是吧？知道了。"

"那个……机会难得，尽量办得盛大一些吧。"爱奈嘴巴贴着红酒杯，眼睛上挑看着圭介说。

"明白了。我包了。"圭介被这样的爱奈迷住了，一不小心就逞强说了这样的话。

"话说回来，上次烧烤的时候，靖子姐的配对卡片上写的可是你的名字呢。"好像想起来什么似的，爱奈窃笑道。

"是吗？"

"你也被吓到了吧？还真是不自量力。她这个人在我们单位里也是个笑话，大家都说她是整个医院的丑女。长成那个丑样子，还好意思参加相亲活动，你说她是不是脑子有病？"

爱奈一脸嘲讽地说着，插起一块肉送到嘴边。

圭介从没见过爱奈这个样子，一时很受打击。他想起靖子在烧烤那天还跟他说"爱奈是个很温柔的人"，没想到爱奈竟在背后如此贬低靖子。

"你怎么啦？"爱奈又恢复了往日的天真笑容，看着圭介问。

"没什么。你就好好期待圣诞节吧。"圭介无心多说别的，只好转移话题。

能平心静气地说别人坏话的女人人品存在问题，需要好好想一想是不是能和她共度一生——相亲指导书上的这句话突然进入圭介的脑海，不过他拼命摇头，试图甩掉它。

几天后的周末，为商量圣诞派对的事情，圭介打算和靖子见面。他到了约定好的快餐店，却发现靖子竟然站在厨房里。

"欢迎光临。"靖子点头跟他打了声招呼，"这是我父母开的店，人手不足，我也经常过来帮忙。快请坐。"

这是烧烤相亲活动之后圭介第一次再见到她，果然还是那么胖、那么丑。

约定的时间是午餐饭点之后，因此店里没有一个人。圭介走向一张餐桌。

"想吃点什么呀？"靖子问。

圭介心想，最近为了节省生活费，都没吃过什么正经饭菜，不由得感激靖子这么问。看了菜单之后，他对靖子说："那就来一份鸡肉南蛮定食吧。"

等待期间他吸了一根烟，在爱奈面前他都是忍着烟瘾。

"久等了。"靖子端来饭菜，盘子上盛着好大一份鸡肉南蛮，旁边是煮青菜、米饭和味增汤。

看到这些，圭介的肚子立马叫了起来，迫不及待地拿筷子准备开吃。鸡肉南蛮的酸味刚刚好，汤汁也足，非常好吃。

"嗯……你边吃边听我说也行。"靖子拿出几张文件纸，上面是某网站的网页信息。

"今年爱奈想在酒店的商务套房里办一场通宵派对，或是包下一艘快艇在船上办派对。我来看看预计费用……"

"等……等一下！"圭介刚刚吃下的食物卡在喉咙里，被吓得直翻白眼，慌忙喝口水缓一缓，"爱奈确实说要办得盛大一点儿，但也不至于这么夸张吧。我没有那么多的预算。"

"啊，是吗？"靖子一脸疑惑地问，然后看了一眼准备好的文件说，"爱奈跟我说预算没有上限。"

"这一个月我为爱奈花了太多钱，说实话，我已经受不了了。"

"爱奈说矢部先生你人非常大度，我本来以为你会非常开心地把这次的派对当成礼物送给她。"

"不可能的。我还以为办一场盛大的圣诞派对顶多就是包下餐厅的一个包间呢。说实话，就算是这样我也不一定办得到。"

"说得也是……"靖子露出抱歉的神情。

"话说回来，照你刚才说的那种，预算是多少啊？"圭介忍不住问道。

靖子有些不好意思地把打印纸递给他，圭介看到后，吓得睁大了眼睛——最便宜的竟然也要三四十万日元！

"既然她期待的是这种豪华奢侈的圣诞派对，如果最终只是去了餐厅的包间，肯定会被骂的。我得想想办法……"圭介重重地叹了一口气,要取出定期存款吗?可是……

"不用,我们不这么搞了。"靖子斩钉截铁地说,并从圭介的手中拿走了打印纸,"我就跟爱奈说酒店都订光了,让她想想其他方案吧。"

"啊,真的谢谢你。"

圭介松了一口气。说不出口的话能由靖子来转达,真的帮了他一个大忙。

"我再去给你拿杯水。"

靖子站了起来,圭介继续吃饭。甜辣口味的蔬菜一入口,他就有一种熟悉的感觉。

对了,烧烤相亲活动那天,烤盘上有一些切得很难看的蔬菜,他当时还以为那是靖子切的,但既然她家是开快餐店的,说明她的厨艺肯定不差。而且,面前这份套餐里的香菇也和烧烤那次一样,切成了十字,萝卜也处理得很干净。

也就是说,把蔬菜切得很难看的那个人是爱奈?

"靖子小姐,"圭介抬头问正在倒茶的靖子,"那天做的那个西班牙海鲜饭……是靖子小姐你做的吗?"

"嗯?"靖子一副不知所云的样子,呆呆地想了一下之后才回答说,"啊,是我做的,怎么了吗?"

那天爱奈十分自然地接过话头,跟圭介和高木聊起切蔬菜和做海鲜饭的话题,难道说这一切都只是为了给他们留下一个精通厨艺的好印象?

恐怕爱奈压根儿就不会做饭，才费尽苦心把靖子会做饭的特长抢走。

"矢部先生，你怎么了？"靖子坐到了他对面，一脸担忧地问道。

"啊，没什么。"圭介笑了笑，试图掩盖内心的想法，然后喝了一口味增汤。

这种事情都是小事，是男人就别往心里去——圭介对自己说。

这天之后，圭介总是有意识地回避爱奈。虽然他非常非常想见她，但奈何口袋里没钱。尤其是一想到办圣诞派对的预算金额，就没有勇气约她出门。

某日正上班时，圭介收到了靖子发来的一封邮件，说"想到了一个好点子"。圭介便约她在公司附近的咖啡厅碰面。要是能和爱奈像这样在普通的咖啡店里见面该有多好啊。

下班后去咖啡厅时，靖子已经在那里等他了。

"我想到了一个不怎么花钱，但看起来很奢侈的方案。"靖子再一次拿出打印的资料，这次的资料上是租赁豪车的说明和豪华的车内装饰图。

"租豪车？"

"是的，只租几个小时，然后在里面办派对。"

"很贵的吧？"

"很划算呢。一小时只要一万日元左右。"

"是吗!"

"我觉得把派对时间控制在四小时以内就可以,这样的话,租赁费就只要四万日元。而且好像能自带食物,这个我来准备。"

"靖子小姐你来准备?"

"对。我怎么说也是快餐店老板的女儿,从西餐冷盘到主菜我都会做,而且店里进货时买的饮料都很便宜,这件事就交给我吧。"靖子笑着说,露出明朗的笑容,给人一种很可靠的感觉。

"你真是帮了我一个大忙,太谢谢你了。"

"小事、小事,爱奈怎么说都是我可爱的同事,而且准备这个也挺有意思的。"

听到靖子这么说,圭介感到非常开心,靖子的温柔体贴让他的内心暖暖的。

厨艺精湛又能干,会照顾体谅人,而且生活节俭,他本来是想娶这样的人当老婆的啊。

男人真是傻瓜。靖子人这么好,却没人想娶她——包括自己。

"那我就去预约了啊。哎呀,我得走了,马上要上班了。"靖子慌慌张张地站起来,从手提包里拿出了钱包,问道,"这杯红茶多少钱?"

"啊,不用啦。"圭介说着,拿走了小票。

"这多不好意思。"

"你帮了我这么多，这杯红茶就当是我的谢礼。"

突然，靖子的神色变得明媚起来。

"真的吗？真是谢谢你。"靖子发自内心地表示感谢。

对，就是这个！

如果爱奈也能像靖子这样发自内心地表示感谢的话，圭介就心满意足了。

突然，他意识到——

不是这种温柔可人、礼貌周到的女生才有资格被带到米其林三星餐厅吃饭，才有资格收到贵重的礼物吗？这种女生才有资格被好好对待啊。

"好开心啊，我还是第一次被男生请客呢。"靖子露出害羞的笑容，圭介第一次看到她有这样的表情。

不过是请她喝了一杯六百日元的红茶，没想到她竟如此感激。而爱奈这样的大美女，早已习惯男人们前赴后继地讨好她了吧。

因为这点儿小事就这么开心，那下次我带你去更高级的地方吧。圭介差点儿说出这句话，慌忙喝了一大口红茶。

我在想什么呢！

靖子可是个大丑女。

给丑女花钱，还不如省下来给爱奈呢。

圭介刚萌生出的对靖子的感激之情又重新被美人至上主义所取代。

渐渐地，这个男人变成了可悲的生物。

由于圣诞派对的预算比想象中便宜很多，有了底气的圭介第二天就迅速约爱奈出来吃晚餐。吃完后两个人走出餐厅，果然还是没听到爱奈表示感谢，一句都没有。

"爱奈，吃得开心吗？"圭介鼓起勇气，问急匆匆走在前面的爱奈。

"嗯？"

爱奈停下脚步，回头看他。

"那个，看你吃完饭就一言不发……"

一瞬间，爱奈露出不可思议的神情，不过立马就意识到了圭介的意思，一脸不耐烦地说："谢谢你请我吃饭。这样你满意了吗？"

"抱歉让你不开心了。我只是不知道你心里有没有在感谢我。"

"你这是什么意思？逼着我感谢你吗？"

"不是，我只是希望请你吃完饭后，能在你脸上看到笑容，就像靖子那样……"

话音刚落，圭介就立马意识到自己说错话了。

"你为什么拿我和靖子姐比？"

爱奈的漂亮脸蛋突然凝固，像"能面具"一样冷冰冰。

"啊……那个……不是……"

"圭介，你喜欢那种长得像北海狮一样的女人吗？你要是觉得靖子姐人好，那你去和她交往啊。"爱奈哼了一声，又冷笑着说，"话说回来，靖子姐本来就想和你在一起，她肯定会立马答应你的。"

"不是的，我刚刚说的话有歧义。我当然是喜欢你啦。"

"是吗？"

"当然啊。"

"那就好。拿我和其他女人对比这真的太过分了，尤其是和靖子姐比。"

爱奈的可爱脸蛋气鼓鼓的。

"真是对不起。"

"你真的在反省？"

"当然。"

"那好，我要看证据。"

"证据？"

"你送我一副卡地亚的耳环，我就原谅你。"

仿佛吵赢架炫耀一般，爱奈笑嘻嘻地说。

送爱奈回去之后，圭介急忙用手机查了一下耳环的价格。粗略看了一下，发现最便宜的也要十几万日元。

既不是生日也不是圣诞节，仅仅是斗了一次嘴就要花这么多钱。在接下来的相处中肯定还会有无数次争吵，难道说每次都要花这么一大笔钱她才肯罢休吗？

迄今为止，爱奈每次无理取闹圭介都尽量讨好她，但这次他真的没有哄她的心情了。之前一直刻意无视的相亲指导书上的警告不断涌入脑海。

圭介累了。虽说拥有爱奈这样美貌的女朋友，但圭介真的不幸福，经常战战兢兢不说，还过得紧巴巴的。

就算她接受求婚，圭介也觉得两个人没有未来。结婚典礼肯定要大办特办，蜜月旅行百分之百要去国外，而且她肯定会缠着自己买各种名牌包、名牌衣服和珠宝。开始新婚生活后她肯定既不会做饭，也不可能出去工作。

而且，如果圭介哪天想要孩子了，她会答应吗？即使她生了孩子，也不会像一个母亲一样照顾孩子的吧？

一想到和爱奈的将来，圭介就感到内心非常不安。他现在才知道，自己想娶的不是多么漂亮的人，但要能做一手好菜、性格温柔，可以一起过日子。然而，爱奈满足不了这些条件。

容颜终会老去。比起外表，要重视内在美，和拥有内在美的人在一起才能携手共度一生。相亲指导书上的这句话直击圭介的内心，不知为何，他的脑海中开始浮现靖子的样子。

圭介心想：开玩笑呢吧？

他拼命把这个想法抛之脑后，但和靖子又接触了几次后，她在圭介心中的分量越来越重。他渐渐确信，靖子才是那个能完成他婚后梦想生活的女人。

但他搞不清楚自己该怎么做。烦恼之中，他下定决心约靖

次，这是圭介与靖子第四次见面。是谁说过"习惯"来着？说实话，圭介确实觉得坐在面前……丑了。

"……话要跟我说？"再次被圭介约出来的靖子一……

……圭介调整了一下坐姿，接着说，"我能告诉……？"

"……子小姐你完全不是我喜欢的类型，爱奈才……

……靖子不禁目瞪口呆，随即苦笑着说："我知……人，我确实想跟爱奈这样的大美女交往。但……要面临的问题，我又觉得很难和她在一起。"

"想到这一点，我觉得靖子小姐你才是我理想的结婚对象。"

"啊？"靖子被这句话吓了一大跳，瞪大眼睛看着圭介说，"你说我？"

"是的，虽然我不喜欢你，但从人与人的交往来看，对你还算有好感。怎么样，跟我以结婚为前提——"

"等……等一下！"靖子急忙打断他，"这样不行。虽然我在烧烤那天写了你的名字，但你现在是爱奈的男朋友。我不想跟我的同事有纠纷。"

"你放心吧，我会好好跟爱奈说清楚的。"圭介惊讶于自己竟然能轻易说出这种话，这句话可不符合相亲指导书上的教导。

"都说了，绝对不行。你和爱奈分手也许是因为你们俩的恋情进展得不顺利，但你把我卷进去，会让我被爱奈讨厌的。"

"但是，这件事关乎我的未来。如果和靖子小姐一起，我有信心能组建一个完美的家庭。我们好不容易才有这个缘分，我不想轻易放弃。"

不可思议的是，在说服靖子的过程中，圭介想和她在一起的心越来越坚定。

"总之，我们先尝试一下吧。"在左右为难的靖子面前，圭介深深低下头请求她。

"你说要和靖子姐交往？"不出所料，爱奈抬高眉眼，身体颤抖地问道。

不过，圭介冷静分析之后觉得，爱奈之所以这么生气，根本不是因为自己要跟她分手，而是因为她接受不了竟被靖子那种大丑女抢走了男朋友。

"你看上她什么了？长得那么丑，还那么胖……"

"我就是看上她不会像你一样在背后说别人坏话。"

爱奈明显被这句话噎住了，一时说不出话来。

"总之，我想象不出和你的未来。虽然我很喜欢你，但现在还是想跟你分手。"

"别开玩笑了，我怎么可能被你这样的人甩！要分手也是我甩你，渣男。"

爱奈噌地从椅子上站起来，气冲冲地离开了酒店的咖啡厅。圭介心想，爱奈长得这么漂亮，恐怕立马就能交到新男朋友吧。而自己从一开始就是通过拼命讨好她才换来了两个人的交往，她根本没爱过自己。

要说没有恋恋不舍，那是不可能的。爱奈气冲冲离开时，圭介偷偷看了一眼，即使是摆架子发火，她也还是那么美丽动人。

可是，要想组建一个平凡安稳的小家庭，爱奈绝对不是最佳人选。命中注定的人应该是靖子才对。

圭介调整了一下心情，立马给靖子打了一个电话。不过通话音响了好几声都没人接，最终转到了语音信箱。圭介留言说："是靖子吗？我刚刚跟爱奈分手了。我觉得我的选择很对，你好好考虑一下和我交往的事情，拜托了。"说完后，圭介挂断了电话。

打电话时，他的心提到了嗓子眼，但一想到靖子，内心又变得十分平静。

啊,这也许就是爱情吧——圭介一边感慨,一边等待着靖子的回复。

你好好考虑一下和我交往的事情,拜托了——听完语音信箱里的这句话,爱奈把靖子的手机从耳边移开。

"咋样?"靖子冷笑着问爱奈,从鼻孔里喷出了香烟的烟雾。

"这一票搞定了,不愧是靖子姐。"爱奈俏皮地闭上了一只眼睛,接着说,"然后我们该咋办?"

"嗯,总之先留着他。可能接下来还有更好的人选,我们再去相个亲。"

"也就是说,我们先囤个货。"

"爱奈你这次也辛苦了。来,我请你吃好吃的。"靖子招呼餐厅里的服务员,点了一大堆爱奈喜欢吃的。

无论是电视节目、杂志,还是网络或相亲指导书,都在说一些对丑女十分宽容的客套话,什么"女性的外貌不代表一切""可爱娇俏远胜美貌""内在美最重要"之类的。

但说实话,这些都只是漂亮话而已。对于丑女来说,根本没有人想去了解她们有没有内在美。尤其是相亲这种竞争残酷的场合,丑女毫无胜算。如果正常应战的话,百分之二百会输得很惨。

因此,靖子改变了作战策略。既然男人都喜欢美女,那不如就以美女为武器。于是靖子找到之前同为不良少女的爱奈来帮忙。

毫不夸张地说，在相亲活动上遇到的男人都会看中爱奈。然而，一旦爱奈对他们的要求越来越过分，这些男人就总有一天会受不了。飞扬跋扈、生活奢侈、以自我为中心——爱奈几乎在全方位地告诉男人们，自己的性格有多差。

之后，就像是为了惩罚美女似的，靖子在此时登场。她待人宽厚、善于倾听、执行力强——全方位展示丑女的优点。

靖子和爱奈的合作有两点好处。第一，不管怎样，男人们已经跟爱奈这样的大美女交往过，也算是心满意足。第二，爱奈的所作所为会给他们留下心理创伤，让他们再遇到大美女也不敢轻举妄动。

这之后，即使他们遇到美若天仙的女人，也会因为这次的可怕经历而不敢靠近，也就是说，会对美女形成免疫力。尤其是对那些相亲新手，越早给他们打这个"预防针"就越好。

当然，这一招也不是对所有人都有用，也有人理都不理靖子。不过这半年内，七个人中已经有三个人中了靖子设下的圈套，也算是比较成功。再做一段时间，应该就能捕获最优质的男人。

"那我们再去随便报名一个相亲活动吧。"爱奈玩着手机，随口说道。她身上的各种名牌首饰全是男人们为了讨好她而送的，闪闪发光，让人移不开目光。

这一合作对于爱奈来说也是一份好差事，她的男朋友是一个叫好不叫座的音乐家，全靠她养活。

　　团队合作如果不能双赢，就一定不会成功。

　　丑女在相亲活动中没有优势，这是不可动摇的真理。不过利用作战技巧，也可以扭转这一劣势，大获全胜。

　　"我要不要去写一本书啊，指导丑女相亲的书。"

　　"不要写啦，这些是我们的秘密武器。再说，一开始就能在相亲活动中胜出的人也不需要看什么相亲指导书。"

　　"啊哈哈哈哈，说得也是呢。"

　　两个人不停往酒杯里倒酒，再豪爽地一饮而尽。

理科女相亲实录 ———

"那么现在,就让我们进入本节目的著名环节——缘分大转盘!"明星主持人宣布。口哨声响起,男女嘉宾们便迫不及待地和周围人交谈起来。

宽阔的足球场上铺着绿得发亮的草坪,令人目眩,椅子在草地上摆成两个同心圆。二十一名男嘉宾坐在里圈,二十八名女嘉宾坐在外圈。因为每隔三分钟女嘉宾就要移动一次座位,因此这一环节被称为"缘分大转盘"。男女嘉宾拿着对方的个人资料卡,并现场进行自我介绍。

"初次见面,你好。"惠美对坐在面前的男士打招呼说,"我是来自东京的后藤惠美,在电器制造公司工作,三十岁。"

"我是山下弘。"对方也点头示意,"我家就在这个长见市,家里是种植大米的。"

惠美迅速瞄了一眼他递过来的个人资料卡:离过婚,两个孩子,四十三岁。

算了吧。

惠美瞬间做出了判断。

不过,比起瞬间做决定,正确的做法是不是再聊聊?

说起来,其实女嘉宾都是先在官网上看过男嘉宾的照片和个人资料后才报名参加的,而且在活动前的说明会上也看到过男嘉宾的个人展示录像。所以说，大家都是心里有数之后才正式来录节目的，早就知道眼前的人合不合适。而到了"缘分大转盘"这个环节，大家更会擦亮眼睛，因为在随后的"自由环节"中可以选择和自己的理想型交谈。

"交换！"主持人一声令下，惠美微微点头示意后离开，移到了下一个座位。

这个相亲节目叫"缘定于此"，一年三期，特别受观众的欢迎。搞笑艺人组合Acapulco担任主持人，明星高岛A儿作为负责人掌控现场。在这次节目中，男嘉宾都是一些生活在地方城市、没机会认识女生的人，而女嘉宾是专门为此前来，并且要在当地住上两天一晚。节目时长为三个小时，将全方位展示这场大型相亲真人秀。

而且，这次的节目是由女嘉宾反过来告白的特别企划。女嘉宾给选中的男嘉宾送花束，如果男嘉宾不收，那就意味着拒绝。被人拒绝的样子还会被电视机前的几十万个家庭看到。

"没人向自己告白"和"被男人拒绝了"，这两者之间有天壤之别。也许正因为此，这次节目的女嘉宾人数比往常少了很多。以前的几期节目中，女嘉宾的人数都超过五十人，这次却与男嘉宾持平。

"嗯……惠美小姐您大学学的是电子工学，现在在电器制造公司工作……研发机器人？太厉害了，真是彻彻底底的理科生呀。"第三位男嘉宾一边看着惠美的个人资料，一边感叹道。

"对，确实是。"

"理科女？这个说法现在不是很流行吗！"

他话音刚落，A 儿又下令说"交换"，于是惠美点点头后又起身站起。

马上就要到了。

离真命天子馆尾典彦只差一个人。他就坐在惠美现在聊天对象的旁边。

惠美敷衍地附和着对方，神经紧绷地关注着斜前方的典彦。

典彦对面的女嘉宾聊到了棒球，结果他回复说："啊，我完全不看棒球比赛。"那个女生明显很受打击。估计她是觉得这里出过职业棒球选手，才抛出了棒球的话题吧。其实惠美也考虑过这个话题，甚至把它列入了话题素材清单。现在看来要赶紧删除了。

"怎么说呢，没想到你这么可爱，我都惊呆了。"眼前的男士说，"看个人展示视频时就觉得你很有魅力，没想到真人更有魅力啊。"

在活动前的说明会上，男嘉宾也会看到女嘉宾的自我展示视频。

"就算你不参加这个节目，应该也很受欢迎啊。"

"没有啦……"惠美急忙客套。

其实，惠美也没想到自己居然会来参加这种相亲节目。

女生参加这类节目要进行相当大的心理建设，还要做好出丑的心理准备。不仅要在全国人面前露脸，而且等于是告诉电视机前的人："我交不到男朋友""靠自己找不到男人""急着结婚"。除此之外，去参加节目的路费还要自掏腰包。惠美从东京来到节目录制地——熊本县的长见市——单是往返机票就花了五万七千八百八十日元①。

　　脸面、隐私、当众出丑——节目不仅会在电视上播出，更是会半永久保存在网络世界。要为这两天一晚的活动承担金钱方面的负担，却还不一定保证喜结良缘。也就是说，和一般的相亲活动相比，参加这个节目有非常大的风险，而且性价比很低。

　　所以惠美完全理解不了为什么有女生愿意参加这种节目。

　　但是，四个月前的某一天，惠美的想法奇迹般地发生了改变。她下班回家，打开电视打算看看新闻，却无意中看到了"缘定于此"这个节目的结尾部分。Acapulco正在说结束语。

　　"哎呀，这次活动的气氛也很热烈！下次节目将在熊本县的长见市举办，现在开始征集女嘉宾！"随后，节目组简单地介绍了一下参与的男嘉宾。

　　当馆尾典彦出现在电视画面中时，惠美一瞬间仿佛被吸了魂儿。他的肤色晒成小麦色，浓眉，眼睛细长，笑容清爽，声音活泼。

　　他是惠美最爱的类型。她长这么大，第一次对一个人一见

---

① 根据编辑当日汇率，约合人民币三千六百五十元。

钟情。

之前惠美也交过男朋友。理科系没多少女生，所以她不用费什么力气就很受欢迎。那时候经常要住在研究室，穿在工作服里的衣服经常好几天没法换洗。随便把头发扎起来，连妆也不化。可就算没什么"女子力"，也有男生来搭讪。平平淡淡地和男生交往一阵子，然后再无缘无故地分手。工作后的恋爱差不多也是这样子。所以她一直认为恋爱也不过就是这么回事儿。

但是在看到馆尾典彦时，惠美感到心中的恋爱之火被点燃了。她想见他，想跟他说话，想嫁给他！

这种心情在她看到节目主页上典彦的视频资料后变得更加强烈了。"缘定于此"下次播出时，他不想看到典彦和别的女人成为情侣。于是，即使要在全国人面前出丑，她也想去见典彦。

惠美鼓足勇气报了名，今天来到长见市就是为了见到典彦。

惠美总是忍不住去看坐在斜前方的典彦。一想到接下来就要和他面对面了，心就怦怦直跳。她反复告诉自己千万不要慌张，脑海里回放着已经背下来的典彦的个人资料：

三十二岁。家里的工厂是做生产、贩卖水产品加工生意的，有两百九十名员工。典彦现在担任公司的国际部部长，但早晚会继承家业，也就是担任下一任社长。兴趣爱好是打高尔夫球，最近看过的电影是《疯狂的麦克斯》，喜欢的作家是村上春树，喜欢的动漫是《新世纪福音战士》。

这其中，典彦聊到任何一个话题惠美都能应对自如。她练习了高尔夫，读完了村上春树的所有作品，对《新世纪福音战士》的 TV 版和剧场版内容都已了如指掌。作为一个理科女，她绝不会在应对措施上马虎半分。

"我喜欢《海贼王》。"眼前的男嘉宾说道。

"什么？"完全没注意听的惠美呆呆地问。

"嗯，我们在说喜欢的漫画，对吧？你看，这里写着《海贼王》呀。"

男嘉宾从惠美手中拿过文件袋，指着卡片上"喜爱的漫画"一栏。

"惠美女士最喜欢的是《蜂蜜与四叶草》，对吧？理科女也没什么特别的嘛。"

"是呀，我本来就是普通女生嘛。"

惠美心想，自己也可能被斜前方的典彦注意到，所以故意摆出一副可爱的样子。

实际上，惠美才不会买，更不会看这些漫画。但若聊天时提到《用漫画来解释科学半导体的装置》这种书，典彦肯定会失去兴趣。于是，她事先在网上查了一下，最后在个人资料上把女性向漫画人气排行第一的漫画写了上去。

今天的服饰、妆容、发型都是精心打理过的，惠美平时都是素颜，天天牛仔裤，完全不知该如何打扮自己。这次还特地参考了时尚杂志里"最受男生欢迎的时尚搭配"和"本季流行发型"特辑中位列第一的装扮——与其说参考，不如说是照搬。总之，为了能让典彦喜欢，哪怕一点点小事她也提前做好了准备。

"开始！"

Ａ儿的声音在晴空中回响。

终于能和典彦面对面了。

惠美一边移动座位，一边用手帕遮着嘴，麻利地用舌头舔了舔门牙。要是门牙上沾了口红，梦想可能从一开始就破灭了。坐下之前她用手轻轻拨弄了一下头发，然后露出完美的笑容。

"您好，初次见面，我叫后藤惠美，是一名公司职员。"

为了便于理解，惠美将左胸上方的名片抬高，展示给典彦看。

"初次见面，我叫馆尾典彦。"

"听说您还是男嘉宾团的队长呀，真是辛苦了。其实，我是专程为了您才来参加节目的。"

在时间有限的"缘分大转盘"环节，必须开门见山才能有一线机会。不搞那么多弯弯绕绕，要坦率地表达出自己的心意才行。

"真的吗？我很荣幸。"典彦摸了摸头，有些害羞地说。

三言两语后，典彦看着惠美的个人资料感叹道："惠美小姐的工作听起来很有意思呢。机器人研发，我们的世界完全不一样啊。"

"不、不，虽然听起来感觉很夸张，但我们开发的是宠物机器人或看护机器人，都是很常见的东西。"

为了让典彦更好地理解自己的工作内容，惠美特意举了一些容易联想的例子。

"而且，说到开发，我觉得我和您的工作很像呢。"

惠美认准这个时机，开始了"进攻"。她事先查了很多资料，就是为了在对方说两个人的世界相去甚远时，转而强调二人的共通之处。

"典彦先生，您的水产品加工公司会先严格挑选作为原料的鱼类贝类，再生产出符合消费者需求的产品，对吧？我们也是，做研究只是为了给全国的客户提供优质的产品。我们这种对客户的态度是一样的。"

"原来如此，这么说来，虽然我们的工作内容完全不同，但都是全心全意服务客户，对吧？看来在生产制造这方面，我们俩是相通的啊。"

典彦点头微笑的同时，又听到了Ａ儿说的"交换"口令。

"已经到点了呀，真是遗憾。惠美女士，方便的话，之后的自由时间我们再聊吧，好吗？"典彦盯着惠美说道。

"好的，请多关照！"

惠美的脸庞上浮现出微笑，优雅地俯首应允。

太好了！抓住了——惠美已在心中摆出了胜利的手势。

下一环节，也就是自由环节，将在公共体育馆内录制。女嘉宾团坐上一辆大巴前往。

刚一落座，惠美就拿出笔记本电脑，点击桌面上的"典彦"文件夹，打开一个名为"典彦数据"的Excel文件，添加上"对棒球不感兴趣"这条信息。

"惠美，辛苦了，怎么样？"

询问的是坐在惠美旁边的麻耶。她是从大阪过来参加节目的，大巴车分座被分到了惠美旁边，今晚两人恰好也住同一间房。麻耶体形健康而丰满，拥有治愈系气质，是一位美甲师，大方的关西腔和她整个人很相衬。她的"真命天子"是人气榜第三位的加藤大辅。

"感觉差不多，麻耶你呢？"

"嗯，我拼命地在大辅面前表现了一番。真是紧张死我了。"

大巴发车了，麻耶注意到了惠美的电脑。

"这个……就是传说中的相亲工具吗？"

"是的，我正在更新信息呢。"

于是，前往下一会场这一路，惠美就将自己的"相亲工具"向并非竞争对手的麻耶展示了一番。

从报名到录制，四个月的时间里惠美看了过去播过的"缘定于此"的所有节目，仔细分析最终牵手成功的女嘉宾的言行举止，并将这些信息做成数据。再根据这些数据和典彦的个人信息，对典彦可能感兴趣的类型进行了一番预测。这些信息她早就烂熟于心了。

但这样她还不满意。为了得到完美的结果，还需要进行反复试验。于是惠美将典彦的视频资料进行 3D 数据化，制作了一个"虚拟典彦"，并输入数据赋予它随机抽选对话的功能。然后惠美就一直通过这个简易的模拟装置不断训练，力图掌握能抓住典彦的心的说话技巧。

"理科出身的女生都会这样做吗？"

麻耶看着电脑屏幕上浮现出"微笑"的 3D 典彦，嫌弃地说道。

"唉，我只是想万无一失罢了。到了本人面前就紧张得说不出话，这种情况不是常有吗？"

"话是这么说没错。那么，有效果吗？"

"完美！马上就聊了起来。"

"这么看来倒是不错。"

到达体育馆。坐在最后的惠美和麻耶刚下了车就被 A 儿拦下，摄影师和收音师也来到她们面前。

"我们来问一问她们俩现在的情况吧。后藤惠美小姐，能耽误你几分钟吗？"

由于身后有大巴挡着，A 儿伸长了麦克风。

"后藤小姐，之前你的理想人选是队长，对吧，现在还是吗？"

"没变，还是馆尾先生。"

"哦哦，这样啊。队长果然受欢迎。后藤小姐是第十三个选他的女嘉宾了。"

果然如此，毕竟没有女人会放过帅气的富二代。

"还有备选吗？"

惠美看到在之前的节目中有人会说还有第二人选、第三人选，但惠美坚定地回答说："没有。"

惠美不是来寻找对象的，她是为了和典彦在一起才来参加节目的。

"没有了吗？"

"对，我只选择典彦先生。"

"这可真是厉害了。"A儿对着摄像机笑嘻嘻地说。

恐怕最终放映时会在屏幕下方插入这样的字幕——众多女嘉宾参与的激烈的队长争夺战！以此来煽动观众的情绪。

看来自由交谈环节时必须拼尽全力了。

A儿和摄像师又去采访麻耶了，惠美再次打开了笔记本电脑。

"接下来是自由交谈时间！请大家自由活动！"

口哨声经体育馆的天花板产生回响，大家纷纷出发找人。有人的意中人面前已经排了好几个人，不知道自己该去往何方；有人在出发之前先被人截住，想走却走不开；有人目不斜视地向意中人走了过去……

惠美当然属于最后一种。然而，典彦身旁已经围了十二个女生，A儿说得果然没错。

十三分之一，获胜率是百分之七点六九，惠美叹了一口气。

那些围着典彦的女生中有服装店店员、公司里的秘书、电话接线员、房地产销售员、宠物美容师、家政保洁员、保育员和护士等。虽然在事前说明会上跟大家都见过面，但惠美不擅长记名字，只记住了她们的职业。

"队长你喜欢小孩子吗？"服装店店员问道。她的名卡上写着是个单亲妈妈，那这个问题对她来说确实至关重要。当然，对周围的其他女生来说也是一则不可错过的重要消息。于是大家纷纷竖起耳朵，等待典彦的回答。

"我很喜欢孩子。我的一个朋友已经有三个孩子了，我也想赶快生一个。孩子越多越好。"典彦回答。他的皮肤被太阳晒得黝黑，衬得牙齿很白。

听到他的这个回答，女生们都松了一口气。

"周末会怎么过呢？"这次是电话接线员提问。

"最近一有时间就去冲浪。"

嗯？听到这个答案，惠美忍不住焦虑起来——他之前明明最爱高尔夫啊。

"嗯？可是您之前写的兴趣好像不是冲浪。"家政保洁员问道，看来她和惠美的想法一样。

"这个啊，我是在拍完自我展示的视频之后才爱上冲浪的。

好像是四个月之前的事了。"

　　惠美从来没就冲浪这一话题实战练习过,也没假想过,所以想尽量不再提起这个话题。于是她出声转移话题说:"刚刚您谈到了您的工作,我想再多问一点儿。您的职位是国际部部长,具体是做什么的呢?"

　　看来今晚必须好好查查有关冲浪的资料,这之前就先从聊天清单中找些别的话题吧。

　　"你问工作内容呀。"典彦用力眨眨眼睛,表情严肃地说,"我们公司在国外有养鱼场和加工工厂,我的工作是和当地的渔民沟通,以及雇用职员。"

　　和"幸运大转盘"时一样,一聊到工作,典彦就特别能聊。因为这是家族产业,他肯定很热爱自己的工作和公司。惠美相信,这一点是攻克典彦的重点。

　　"工作范围很广泛呢。"惠美附和道。典彦看起来很开心,看样子他很喜欢惠美的这句评价。

　　"和当地人进行业务往来真的很有意思。都是通过电脑开视频会议。"

　　"有时差应该会很辛苦吧,据说当地的工作日是日本的周末。"

　　"对啊,周末经常累个半死。有时候本来该由当地同事去视察的业务,结果却变成我去视察。上个月还满世界到处跑——越南、泰国、印度尼西亚、澳大利亚……"

"这些地方的大海都特别美！所以典彦先生您才开始玩冲浪的吗？"

"是的！就是这么回事儿！没想到我竟开始玩冲浪了，真是不可思议。"

"都说玩冲浪的人特别热爱大海，相信这对您的工作也有积极的影响吧？"

"你又说对了。"典彦打从心里感到高兴，注视着惠美说。

虽然出现了冲浪这个意想不到的话题，不过惠美通过它又聊起了工作。这也多亏了大量的模拟练习。

家政保洁员和秘书一脸羡慕地看着和典彦聊工作相关话题的惠美，然后不知是因为实在找不到插话的时机，还是她们又看上了其他男人，总之，这两位女嘉宾很快就从典彦身边离开，去找其他男人聊天了。

这样就变成十一分之一，获胜率上升到了百分之九点零九——惠美一边继续笑容满面地聊着天，一边在内心冷静地计算着。

"那个……"刚刚一直乖乖站在旁边的宠物美容师摇晃着她的巨乳插话道，"我也在玩冲浪，虽然玩得不怎么好。"

惠美很想上前打断她，让她不要再说下去了，不过最后还是决定不出头做恶人。估计她只是想吸引典彦的注意力，随口说说而已吧。

"是吗！浅羽小姐你专攻哪片海域呢？"

"我主要是在老家冲浪，胜浦和矶之浦一带。"

"和歌山是吗？我也去过，那里的浪特别棒。"

看着这两个人聊得火热，惠美受到了巨大的打击，她急忙插话说："不过高尔夫也很有意思，我最近才开始打高尔夫，很想在这附近的高尔夫球场玩一玩呢。"

"嗯，不过我最近完全沉迷于冲浪，压根儿想不起来打高尔夫。"

什么情况！惠美没想到数据还会变化。

拥有一对巨乳的宠物美容师仿佛乘胜追击似的又对典彦说："前段时间我去了一趟冲绳。对了，我拍了很多照片，你要看吗？"

瞬间，惠美的脑海里浮现出一幅特别性感的画面——这位宠物美容师穿着比基尼，露出硕大无比的乳房躺在冲浪板上。在这种肉体刺激前，大量严谨的数据分析就如尘埃一样无力。

惠美在心里默念：拜托了，别给他看那些！但这种默念毫无用处，巨乳女快速打开手机，给典彦看照片。

"你看。"

"啊，真不错。"典彦眯了眯眼睛。

"给我看看、给我看看！"其他女生也起哄要看，惠美急忙凑过去想看几眼。

竟然不是比基尼爆乳照。别说身体了，就连双手双脚都被潜水服紧紧包裹着。

什么呀，惠美轻舒一口气。

"穿着潜水服冲浪，说明你是玩冲浪的专家呀。"

但惠美还没来得及轻松几秒钟，就发现典彦双眼放光。这之后，他又兴奋地聊了很久冲浪的话题，虽说他也会积极回应身边所有女生的问题，但很明显已被巨乳女夺去了很大一部分注意力。

惠美继续尝试将话题引到工作上，但试了好几次，话题最终都还是会变成冲浪。而且典彦聊冲浪时最开心。

失败了，惠美心想。

惠美分析了往期节目的情况，结果显示，如果男嘉宾在老家有产业，而且自己也在其中担任要职的话，在自由交谈环节初期可以多聊聊家族产业的话题，这样更容易理解对方的工作内容。因此，惠美原本想的是，在自由交谈环节的前半部分多多倾听典彦介绍工作，后半部分和他聊聊兴趣，活跃一下气氛。

如果按照这个剧本的话，在聊冲浪之前，应该先和典彦讨论村上春树和《新世纪福音战士》，这些话题惠美已经练习无数次了。

看来接下来的家庭访问活动要好好做准备了。对了，在他父母面前更要积极聊一聊与工作相关的内容。

惠美笑吟吟地看着典彦和巨乳女互相应和，又重新燃起心中的斗志。

从单人访问中得知，准备去典彦老家进行家庭访问的女嘉宾共有十三位。

胜算又降到了十三分之一，百分之七点六九了啊。惠美冷静地计算着目前的获胜率，忍不住叹了一口气。

在自由交谈环节好不容易少了两个竞争对手，没想到又多了两个新人。一个是护士，一个是宠物医院里的秘书。她们俩特意在自由交谈环节去接触了第二人选，然后在家庭访问这一环节才选择第一人选典彦，这是她们的作战策略。

她们这种类型的有些棘手。因为是之前没交流过的新人，所以比自由交谈环节就围在典彦身边的女生更有优势。典彦会出于礼貌而与她们聊天，他自己应该也很想了解这两位新来的女生。

在二十块榻榻米大小的客厅里放了两张长方形桌子，拼在一起，上面放满美食。旁边的椅子上都放好了坐垫。十三个女生围着这张大桌子，有些尴尬地站着。她们都在有意无意地观察典彦的动作，想知道他要坐在哪一边。而典彦似乎没想到会来这么多人，只是不知所措地一直说："大家随便坐。"

家庭访问环节中最重要的就是座位，哪能"随便坐"啊。

该怎么办呢？

惠美看了看在场的女嘉宾，权衡了一下情况，拼命思考解决办法。

要是想阻止那两位新人和典彦聊天的话，坐在典彦两侧是最好的选择，换句话说，最好的位置是典彦左右两边。然而，典彦肯定要跟两位新人说话，那样一来就不得不越过惠美跟她们聊天。那个时候，如果自己宁愿看电视、看VCR也要死守着最佳位置的话，说实话，真的太难看。那不如就展示出自己善解人意的一面吧。

决定了。在这种情况下，还是不过分贴着典彦了。在自由交谈环节时自己已经围在他旁边，黏着他，一步都没离开过，现在也站在他身边，他应该很清楚自己的心意了。家庭访问环节还是展示一下自己的贴心之处吧。

"队长是主角，所以就像开生日派对那样，队长坐在正座的位置如何呢？然后请这两位新来的女生坐在队长的两边。"

惠美抢先开口道。护士和宠物医院的秘书听到这么安排，都吓了一跳。其他女生则一脸遗憾，反正最佳位置已被夺走，大家也就一个一个落了座。在餐桌的一端，也就是开生日派对时寿星坐的那个位置坐着典彦，他仿佛松了一口气一般，冲惠美报以微笑。

巨乳女坐在护士的旁边，她抢到了第二好的位置。至于惠美，她选了正对着典彦、离他最远的位置。选这个位置是有理由的——因为这个位置离典彦的父母，即背后的主角最近。也许是为了不打扰大家，典彦的父母默默坐在旁边的沙发上。

"谢谢大家来我家，我们干杯吧！"典彦举起酒杯，和女嘉宾们互相碰杯，之后交谈就开始了。表面上看似一团和气，实际上女嘉宾们暗地里一直相互试探和较劲。每个人的眼睛里都没有笑意,都在为了吸引典彦的注意力而拼命努力着。在这群人中争夺典彦显然不是一个好主意。

"典彦先生小时候是什么样的呢?"

在全部女生的注意力都放在典彦那边时,惠美却主动跟他妈妈聊了起来。未来的婆婆可是一个至关重要的人物,尤其她还是典彦公司的现任社长夫人。

"他小时候很内向呢,朋友也很少,上小学的时候我们可担心他了。"典彦的母亲开心地回答。

"对了,要不把他小时候的照片拿出来看看?"典彦父亲说。

于是典彦母亲起身去拿相册。

惠美心想,进展不错。

不一会儿,典彦母亲拿来几本家庭相册和典彦的高中毕业相册。

"哇!太可爱了!"

"啊,这张照片是他从树上掉下来的时候……"

典彦的父母开心地聊着,同时也在严格考察在座的所有女嘉宾。父母的意见对典彦的决定应该有很大的影响吧。也就是说,决定权不仅在典彦手里,还包括他的父母。

"话说回来,你做事可真果断啊。"看完相册后,典彦母亲对惠美说,"刚刚你帮他们决定了座位顺序,可真是帮了一个大忙。我在旁边看着,心急得不得了。可是不管我们多么心急,都不能说出口,你说是吧?"

典彦母亲的性格很像传统的九州女性,说话做事都直来直去。

"没什么,没什么。"惠美谦虚地说,"我感觉自己像个爱管闲事的人一样,其实挺不好意思的。"

"别这么说,必须要有这种魄力才行。你说对吧,孩子他爸?"

"对啊,什么决策都不做是日本人的坏习惯。在国外工作时,无论是开会还是做汇报,都能看出来日本人的决策能力很差。你有这种能力真是难能可贵。"

被社长夫妇夸奖,惠美的心里高兴极了。不过,和他们说话做事还是要放低姿态。

千万不能掉以轻心。惠美是个理科女,根据往期节目得到的数据来看,典彦的父母觉得理科女"爱讲死理""不愿意当乡下媳妇",所以一直比较排斥学理科的女生。他们眼中的合适人选,是将来能照顾孩子和老人的保育员、护士或护理员。所以,惠美觉得,是时候展示自己喜欢孩子、热心护理的特点了。

她一边苦思冥想该如何展示自己的这些特点,一边和典彦父母继续聊着天。就在这时,一个孩子推门进来了。

"爷爷、奶奶,我也要和你们聊天!"说着,他就坐在了沙发上。

典彦的母亲看到他，立刻笑容满面，不过还是训斥道："哎呀哎呀小友，今天是个重要日子，你快去二楼玩。"

"真是的，友则，你怎么跑到这里来了。"接着，一个看起来像是这孩子妈妈的女人慌慌张张地跑进了客厅。

"别闹了，快跟我走。跟奶奶和典彦舅舅道歉。"她试图把小男孩带走。

看情况，这位是典彦的姐姐，也就是说，这个小男孩是典彦的外甥。

大好机会！

"你叫友则吗？和姐姐一起玩吧，来，过来。"惠美张开双臂，友则高兴地一头钻进惠美的怀抱。

"友则这样会不会打扰你啊？"典彦的姐姐一脸抱歉的样子坐在了沙发上。惠美意识到，这也是一个向未来的姐姐展示自己的大好机会。

"当然不会。我特别特别喜欢小孩。小友则今年几岁了？"

"四岁。"

"四岁了呀，和我一起玩吧。"

惠美把友则抱到腿上，和他玩起小孩子爱玩的游戏。其实，为了应对这种情况，惠美连玩的游戏都事先练习了无数次。

虽然这儿离典彦很远，但他应该能看到自己和他的小外甥一起玩耍的样子。要靠这点好好赚取印象分。

友则被逗得仰头大笑，典彦的家人明显对惠美越来越有好感。

太好了。惠美感觉进展非常顺利。

就这样，一点一点，一点一点，提高自己的获胜概率。

此时，典彦的父亲开口问："惠美小姐，我看你的名卡上写着，是在电器制造公司工作是吗？是哪家公司？具体是做什么的？"

终于来了！这个问题惠美可是等了很久。

而且是由典彦的父亲问出来，这可是个好兆头。

"我在外企研发机器人。"惠美回答。

典彦的父母和姐姐都露出了惊讶的神情。

"厉害！很优秀啊。"典彦的父亲佩服地点点头。

"不过……这么优秀，我们水产行业和你的工作差别太大了啊。"典彦的母亲有些为难地说。

"没有的事。"惠美自信满满地笑着说。

这个问题在预想范围之内，她早就准备好了答案。

"我们也在开发那种能调查海洋鱼类生育情况的记录式机器人，所以经常和水产行业有业务往来。"

"这样啊，孩子他爸你看看……"典彦的母亲用手轻打了一下典彦父亲的手腕。

"在长见市也有业务要做吗？"典彦的父亲接收到了典彦母亲的暗示，问道。

"有！"惠美探了探身子回答，"长见市隔壁的西见市的养鱼场里引入了我们的机器。去年我负责交货，还特意去拜访了一趟。"

"所以说你去过水产养殖场是吗？"

"是的。我还跟他们学习了水产品卸货和加工流程。整个过程学习到了很多。"

"能学到很多东西呢。"典彦的父亲一脸满足地点点头。

一切进展顺利。

"其实我们也开发护理机器人，为此我还去老年人护理中心实习过一个月。要是不亲自接触的话，是设计不出帮助老人吃饭和洗澡的机器的。"

"这么说来你还有护理的经验呀。"典彦的母亲笑着说。

"水产和护理机器人。我家的养鱼场也非常需要这样的机器人呢。"典彦的姐姐半开玩笑地说。

"一定要引进哦！可以给我一个报价。"惠美也开玩笑地说道。

"惠美小姐你可真有意思！"典彦的父亲说着，大笑了起来。

被其他女生夺走了聊天的主导权、孤立于话题边缘的巨乳女朝惠美这边看了看，看到惠美和典彦父母相处融洽，她一脸悔恨的样子，估计没想到还有这种方法吧。

这时惠美和典彦四目相接。典彦投来的目光就好似已经把她当成了家人一样，亲切而温暖。看来典彦对惠美非常有好感。

"你们只聊工作，太无聊了！"友则坐在惠美的腿上，不满地大喊。

"对不住，对不住。那我给你一个好东西吧。"惠美从包里拿出一个小玩意儿，是约莫手掌大小的塑料半球体，装有轮子。把它放在地板上后，小球就躲避着障碍物前进。

"哇！这是大姐姐你做的吗？"友则双眼放光，拿起玩具左看看右看看。

"对呀，它叫特波。它只能在地板上跑来跑去，是很简单的一个小玩具。不过，要是快没电了它能自己跑到充电的地方去，只有这一点小聪明。"

"太棒啦！这个能送给我吗？"

"当然。"

"哎呀，这多不好意思。"典彦的姐姐急忙说。

"没事的，这个我本来是打算送给典彦先生的，想通过这个小玩具给他介绍一下我的工作内容。"

"是吗？那我们就收下了。友则，快谢谢姐姐。"

"谢谢惠美姐姐！"

就在友则扑进惠美的怀抱时，工作人员来到门前，对所有人说："家庭访问环节结束。大巴车在外面等着，希望大家快点儿上车。"

"惠美姐姐你要回去了吗？你还会来找我玩吗？"

看到惠美起身准备离开，友则用力抓着她的裙子，不让她走。

"我还会来找你玩的,我不在的时候,你好好跟特波玩哦。"

典彦的家人在一旁微笑地看着友则和惠美伸出手指,拉钩约定。

我抓住了他家人的心!惠美确信。

虽然典彦家人不怎么喜欢理科女,但理科女也有自己的应对方法。惠美感觉自己此战十分顺利,接着离开了馆尾家。

到达住宿的酒店后,惠美和麻耶两个人先后洗了澡,然后瘫倒在床上。

"我快累死了。"麻耶用手抚平脸上的面膜,抱怨道。

"家庭访问环节你那边怎么样?"

"大辅先生家是种哈密瓜的,带我们去看了看瓜田,还挺有意思的。A 儿中途突击了我们那组,怂恿大辅的妈妈考考我们,看看我们几个女生谁对他的家业了解得最多,我们就被迫去挑选口感最好的哈密瓜。真是紧张死我了。"

"去了几个人?"

"三个。"

"也就是说,你的胜率是三分之一,百分之三十三点三。希望很大啊。"

"惠美你那边怎么样呢?"

"我那边去了十三个人，不过我和典彦的家人聊了很多。多亏了模拟练习，我和他爸妈很聊得来。"

"哦，这样啊。"

"啊，对了。我得赶快把今天刚知道的典彦的信息输进去，更新我的数据库，还要预测明天的情况呢。"惠美在床上翻了个身，从包里拿出笔记本电脑。

"那个……惠美啊，"麻耶有些顾忌地说，"像你这样马上数据化，马上做模拟练习什么的……还是别搞了吧。"

"为什么？"

"因为……对待事物什么的，可以靠概率和计算去完成，但是对待人……"

"可是大家都这么做啊，只是不像我一样依靠电脑来做而已。大家在头脑中不是都会分析意中人的喜好，然后去尽量讨好吗？"

"话是这么说没错……但是惠美你太夸张了。一点儿都不自然。相亲这种事情，不可能完全按照数据预测的方向走的……"

"可是我今天很顺利啊。"

"嗯。不过我总觉得，过分依靠数据啊、分析啊什么的，很容易遭报应的。"

"我完美地准备好一切，这又有什么不好的？"

"不是说不好……抱歉，我脑子比较笨，说不清楚。"麻耶叹了口气。

"麻耶，没事的哦。"为了让麻耶安心，惠美笑着对她说，"虽然理科女不擅长谈恋爱和相亲，但我们也在用我们自己的方式努力着。所以你放心吧。"

"说得也是，每个人的做事风格都不一样。抱歉，我不该说这些。"

麻耶摘掉脸上的面膜，关掉她那一侧的床头灯。

"快睡个好觉，为明天做准备。我们明天也要加油呀，晚安。"

"嗯，晚安。"

过了一会儿，惠美就听到了麻耶平稳的呼吸声。

关掉电灯后房间里黑漆漆的，惠美戴上耳机，打开电脑。淡蓝色的屏幕光微微照亮房间。

关于明天的日程，首先是最后一次自由交谈环节，然后就是告白环节。

必须在自由交谈环节给典彦留下深刻的印象才行，因此必须做好万全的准备。这么想着，惠美开始与电脑中的典彦练习。

第二天早上。

最后一次自由交谈环节在"缘分大转盘"的那块场地进行，现场充满浓浓的火药味。

时间只有一个小时，这一个小时将决定很多女生的命运。她们双眼充血，斗志昂扬。

Ａ儿的口哨声刚落下，大家就纷纷出动。之前已经互相确认了心意的男女自然走到一起，成为一对，只想在这一环节独处。而麻耶径直走向了大辅。

至于惠美，当然是走向典彦。他身边已经围了一些昨天去过他家的女生。胜算还是十三分之一啊——正当惠美失望地感慨时，就听典彦低头说："今天我想重点和杏奈小姐、辽子小姐、公佳小姐和惠美小姐交流。真的很抱歉，其他女生请先离开吧。"

被典彦概括为"其他女生"的人依依不舍地点头示意后便匆忙离开了。留下来的四个女生笑吟吟地互相打量着。

典彦看了一眼她们四个，然后说："我想依次跟你们单独聊一聊，你们觉得怎么样？"

当然是欣然答应。于是，典彦马上和其中一个女生到一旁的长椅上坐下聊天。

胜算是四分之一，终于提高到了百分之二十五。接下来，就算只提高百分之零点一，都能赢。

惠美她们坐在桌子前等着。她看了一眼另外三个女生，在心里确认自己的分析是否有误。除自己以外，留下来的女嘉宾分别是护士、保育员和护理员，都有一份可靠的工作，而且她们的工作性质很受典彦父母的喜欢。之前那个和典彦聊冲浪聊得火热的巨乳女都没入选，典彦果然是个现实主义者。

"我们之中到底谁会被选中呢？"看着远处正聊着的保育员和典彦，护士小声说。

"肯定是公佳小姐你啊！"

"怎么会啦，是杏奈小姐你才对！"

惠美无视她们这种毫无意义的客套，冷静地观察着周围。有几位男嘉宾的身边站着好几个女生，但也有好几位男嘉宾面前一个女生都没有。这些形单影只的男人一只手拿着饮料，尴尬地站在原地。现实就是如此残酷。除了这两种类型之外，还有一些女生好像还没做好决定，满场到处跑。其中就有好几个女生在惠美的身后走来走去。

"你好。"其中一个跟惠美打了声招呼。她是在第一次自由交谈环节站在典彦旁边的家政保洁员。

"您有事吗？"惠美问道。

这位家政保洁员有些郁闷地看着惠美，递出自己的名片。田岛由贵。

"是田岛小姐啊，你也要加油哦。"惠美微笑着对她说。

而由贵却有些困惑地回答："啊，谢谢。"然后就离开了。

这边发生的事引得也在等待典彦的另外两位女嘉宾歪过头来看，她们都露出一副难以理解的表情。

这时，典彦好像和第一位女生聊完了，两个人从长椅上站起来，走向她们这里。

"下一位是惠美小姐。"典彦说。

听到典彦叫自己之后,惠美用比正常声音高出一点儿的音量回答:"好的!"然后起身离开。

"昨天你难得来我家一趟,我却都没跟你聊几句,真是抱歉。"刚一坐下,典彦就挠挠头说。

"没关系的。您父母给我看了您小时候的照片,而且我和友则玩得很开心。"

"哈哈哈,友则那个孩子,在你回去之后一直提起你,还说让我一定要和你结婚……"

说到这儿,典彦突然红了脸,打住不说了。惠美也因为这句话低下了头。

"总、总之,友则让我带他向你问声好。"典彦咳了两声说。

过了一会儿,典彦正色道:"最后,我想确认一下惠美小姐你的心意,东京和熊本距离那么远,你不在意异地恋吗?"

惠美在昨天的模拟练习中已经预料到典彦会提这个问题,于是她微笑着对典彦说:"没关系的。我每周末都会来看您,而且,昨天也跟您父母说过了,我经常来这里出差。"

"那可太好了。那……万一我们结婚了,你能辞职来我们公司工作吗?我家的公司不像你现在所在的公司规模那么大……"

"我非常乐意。我还有很多地方做得不够好,到时候还请您多多协助我。"

这个问题也在预料之内，因此惠美回答得很完美。

"只要能和典彦先生您这么优秀的人在一起，我什么都可以接受。请多多指教。我对冲浪也很感兴趣，请您有机会一定要教我。"惠美娇俏地说。

典彦明显被惠美的这番话打动了，眼睛笑成了月牙形。

"也请你多多指教。认识你真是太好了。"

之后两个人相视无言。摄像机从惠美正面拍下了这一幕，而她却毫不在意。等他们俩配对成功之后，这一幕肯定会被反复播放。

惠美觉得自己的获胜率应该超过了另外三个女生，但还是双眼湿润地目送着典彦离开。

终于到了告白环节。

草地上，男女面对面各自站成一排。稍远处搭着一个遮光帐篷，底下站着男嘉宾的家人。

惠美排在第二个。她紧张到了极点，拿着捧花的手里全是汗。

"告白时间开始！"A 儿大声喊道，话音通过麦克风响彻整个会场上空。

"大家都已经决定了吗？接下来让我们欢迎第一位女嘉宾，木部爱子小姐！"

被叫到名字的女生下定决心，抬起头往前走。在广阔的草地上，她独自走向喜欢的人，背影充满坚毅感。

"她走到相田吉雄先生面前了！"

说完这句话，A儿停顿了一下，在等有没有其他女嘉宾"截和"。在确认没有其他女嘉宾也想向相田吉雄先生表白之后，他说道："请木部爱子小姐开始告白！"

"这两天我真的很开心，我还想继续和您在一起。请多多指教！"

她递出捧花，相田走上前接受了。草地上响起众人的欢呼声。

"恭喜你们！第一对情侣诞生了！"

等到在电视上播出时，这里肯定会配上偶像歌手唱的情歌，并穿插现场嘉宾热情拍手的镜头。总之，肯定充满祝福的气氛。

"你现在的心情是怎样的呢？"

"你看上了他哪一点呢？"

A儿接连发问，两个人害羞地回答。最后，A儿再次恭喜道："祝你们永远幸福！"然后大家一齐拍手，欢送他们坐在情侣席上。站在帐篷下的男嘉宾的母亲用手擦了擦眼角的泪水。

"接下来是后藤惠美小姐，有请！"

惠美向前踏出一步。

到目前为止做的准备可以说万无一失，接下来就看结果如何了——理科女的信条是：努力必有回报。

惠美站到了典彦的面前。

"她走到了队长的面前！"

A儿话音未落，草地上就接连响起"我也要告白"的声音，而且不止一两个，仅凭那音量来看，就至少有十个人。

惠美早已预想到肯定有好多女生想跟典彦告白。众人踩在草地上的窸窣声从她身后传来，同时，她能感受到怀有强大执念的女生们的决心。实际上，典彦好像也被这一场面吓到了似的。

女生们都站到了惠美的身边，惠美大致扫了一眼，果然都是一些熟面孔——巨乳女、保育员、护理员、秘书、房地产销售等。连在最后一次自由交谈环节中被拒绝的女生也来了。

"后藤惠美小姐，请开始！"A儿大声说。

惠美深呼吸后，笑着对典彦说："我被典彦先生您的诚实和您家人的高尚人品所打动，我想跟您一起创造一个属于我们俩的未来。我喜欢您，请跟我交往。"

惠美递出手捧花，低下头。

"接下来请浅羽博美小姐开始告白！"

主持人把麦克风伸向惠美旁边的巨乳女。

"我们都喜欢玩冲浪，和您在一起我很开心，请跟我交往。"

接着按照顺序，全部女生都进行了表白。最后，终于到了典彦选择的时刻。

"典彦先生，你会选我的花束吗？

还是说……"

"请多多指教。"典彦的身影掠过惠美，"田岛由贵小姐。"

典彦说出口的不是自己的名字。

"恭喜二位！大家快热烈鼓掌！"

惠美抬起头，发现典彦接过了由贵的捧花，一脸害羞地牵着她的手。站在惠美身旁的十二位女生也都被眼前的这一幕惊呆了——由贵在昨天的自由交谈环节早早就离开了，也没去典彦家，但典彦居然选择了这位家政保洁员。

"哎呀哎呀，由贵小姐，恭喜你走到了最后！在最后一刻胜出。"A儿拍拍她的肩膀说。

"是的，谢谢您在背后一直帮助我。"

"队长你终于找到喜欢的人了，我都为你紧张。"

"还是多亏了您。我是通过第一印象决定的，但田岛小姐完全不跟我说话，家庭访问环节也没来我家，所以就放弃了。但没想到最后她站到了我面前，我觉得这真是一个奇迹。我真的很幸福！"典彦对着麦克风兴致昂扬地说。

原来如此。

"那有请二位到情侣席入座。"

在众人的鼓掌声中，他们俩手牵着手，走向为配对成功的恋人们准备的长椅，摄像机一直紧跟他们左右。这时肯定又会播放浪漫的情歌吧。

还以为胜率是十三分之一,但没想到走到最后的是个压根儿没被算进分母里的女生。

面对这个结果,惠美毫无遗憾,微笑着为他们鼓掌。

她走向"失败组"专用的长椅,打算看看其他人的告白。

看了一会儿,终于等到了麻耶向大辅告白。然而,有三名女生"截和",结果大辅选了其他女生,也来到"失败组"的麻耶哭着钻进了惠美的怀里。

"以上就是第十七届'缘定于此'的女追男特别节目!祝愿配对成功的情侣永远幸福!"

摄像机全都聚在配对成功的情侣前拍摄,而惠美和麻耶她们所属的"失败组",却在A儿和摄像机背后,默默等着节目结束。

到了分别的时刻。

"失败组"排成一列,像寺庙里等待烧香的长长的队伍一样,而旁边的情侣组全都一脸依依不舍。惠美看到了站在远处的典彦的父母,立刻小跑到他们跟前。

"昨天真的非常感谢叔叔阿姨。谢谢叔叔阿姨用心招待我,真的非常感谢。"

典彦的母亲有些尴尬地说:"惠美小姐,你真有礼貌。"

"总觉得有些对不住你。"典彦的父亲一脸抱歉地说。

"没事的。之后我可能会来这儿出差，万一您看到我，一定要跟我打招呼。真的非常感谢昨天的招待。祝叔叔阿姨身体健康。"

惠美深深地鞠了一躬，又回到了排队等待上大巴的队伍中。看着她的背影，典彦的父母小声说着："这孩子人真好，可惜啊。"

惠美最后一个上了车，之后大巴就出发了。挥手送别的男性们的身影越来越小。典彦一直冲着田岛由贵挥手。

坐在惠美身旁的麻耶抱着毯子号啕大哭。惠美让她靠在自己的肩膀上之后，她反而哭得更厉害了。

"我真是不甘心，我对他那么用心。"

麻耶哭个不停。

"在最后的自由交谈环节你知道他跟我说什么吗？他说结婚典礼在国外举办行不行呀、蜜月旅行去哪儿好呢……白白让我那么期待。"

"真的吗？这可太过分了。"

"他还说，要是生了孩子，给孩子取名时就从我们俩的名字中各取一个字，就取大辅的大字和麻耶的耶字，叫大耶。"

听到这儿，惠美差点儿笑出声，不过还是忍住了。但麻耶可没看漏惠美憋笑的表情。

"惠美你可真淡定啊，你就不觉得不甘心吗？"

"要说没有不甘心，那是不可能的。"惠美说，"典彦也暗示过我一些事情，说实话我也以为我能和他在一起的。"

"是吗？"

"在最后的自由交谈环节中，只剩下四个人了，获胜率是百分之二十五，挺高的吧？但是没想到，他最后选的人都不在分母里。"

"真是的，你又在说一些理科的东西。"麻耶吸着早已发红的鼻子说，"不过，惠美，你这算不算惩罚呢？你现在知道胜算预测和模拟练习没啥实际意义了吧？在这种重要关头，人类的心情很容易因为一些微不足道的小事而发生改变。"

"嗯，怎么说好呢……"惠美既没表示同意也没说不同意，只是暧昧地笑笑。

"我决定了。"麻耶擦了擦眼泪说，"我还要来参加这个节目。我一定要在这个节目里找到结婚对象。惠美你也是这么想的吧，我们再一起来参加吧。"

"我就不参加了。我是为了典彦才来参加这个节目的。话说麻耶你这就放弃大辅了吗？你总是说你对大辅特别用心，你用心的程度就只有这么一点吗？"

"你在说什么傻话，咱们俩的真命天子就在眼前被人夺走了。我们再报名下次的节目吧，参加无数次的话，惠美你的获胜概率也会提高的吧。"

惠美扑哧一声笑了出来。

"不，这真的是最后一次了。因为我喜欢的人是典彦啊。"

"惠美你真是个傻瓜。干吗吊在典彦这一棵树上,根本没用的啊。我们已经输了。"

麻耶说这话的时候,用毯子盖住头,低声啜泣着。

惠美想,麻耶这么快就放弃了大辅,说明她对大辅的感觉也不过如此。那下次去找新的意中人也算是一个正确的选择,自己会默默支持她。

然而,惠美不一样。

这是她出生以来第一次一见钟情。她只想跟典彦结婚。所以……

惠美从包里拿出笔记本电脑,插上了耳机。

这会儿典彦应该已经到家了。

打开一个小程序,电脑屏幕上显示出典彦老家的客厅。

"你选的那个女生看着倒是没什么问题,不过,她没来咱们家对吧?而且和你一句话都没说过,这算什么啊?"典彦的母亲一边喝茶一边叹气道。

"算了,算了,好歹他也算找到女朋友了。"典彦的父亲安慰妻子道。而坐在他腿上的友则大声说:"我觉得惠美姐姐最好!"

"抱歉,抱歉,说实话我到最后都在犹豫,不过还是选择相信第一感觉。"典彦摸摸友则的头说。

这声音和画面是通过给友则的玩具中的内置设备传来的,玩具内置一个可三百六十度旋转的超小型高敏感度摄像头,只要联网，在哪儿都能实施监控。不仅可以用电脑远程操控，还能在家里移动和拍照。

昨晚，惠美在酒店的房间里就迅速启动了这个玩具，正好看到了典彦对家人吐露心声的场景。然后惠美得知，典彦很喜欢她，但同时又对没来家庭访问的田岛由贵念念不忘。所以，惠美知道典彦会在她们两个人之间选一个。虽说现在他已经选了由贵，但惠美依旧可以通过特波这个无敌的玩具掌控局势。完全不是问题。

节目录制结束了，但惠美的相亲之路还没结束。

和他见面、向他做自我介绍、和他聊天、拜访他的老家、见他的家人——如果是普通相亲的话，这之后才是重头戏。

这次，她事先收集到了典彦的所有信息，分析他的行为模式，预测他的行动并随机应变，然而依旧没能和他走到一起。不过，为应对突发情况，准备 B 方案也是理科女的特长。

如果两天一晚的节目没能让自己和他在一起的话，那就远程持续监控，并调查他的动向，事先做好应对措施。

根据之前的数据来看，在这个节目里成为情侣却没能结婚的例子也不在少数，也就是说，自己与田岛由贵的胜负还未见分晓。

没关系，自己肯定能行。

就今天最后一次自由交谈环节典彦说的话，以及从特波那里偷听到的信息来看，典彦非常担心异地恋。以此为突破点，应该效果不错。只要按照现在的步调走下去就行。

像这样做长期的分析和调查、拼命进行模拟练习，肯定能找到机会和他再见面。比如在他出差时假装与他偶遇。不对，现在就应该开始学习冲浪，然后去他常去的海边等着。只要有特波，应对方案就可以随时调整，任何事情都有可能发生。

终于把获胜率提高到了二分之一——百分之五十。如此占优势的比赛，怎么可能放弃。

田岛由贵，你先享受一下短暂的胜利滋味吧。将来总有一天，我一定会把典彦从你身边夺走。

惠美把特波移近典彦，注视着屏幕中典彦的笑脸，露出微笑。

代理相亲 ————

放眼望去，名为"瑞兆之间"的会场里，全是五六十岁的中年夫妇。

用隔板隔开的简易包厢紧凑地排列在一起，每间包厢配有一套桌椅。相对而坐的中年夫妇面对面，神情严肃地窃窃私语着。

"老公。"

听到妻子叫自己，益男才回过神来，发现排着的队伍已前进了一些，估计再过几分钟就能轮到自己了。排在后面的夫妇年龄和自己差不多大，面露催促之意，益男急忙迈了几步，和妻子站在一起。

他再次看了一眼四周。这处会场位于东京一家一流酒店的大厅内，高高的天花板上吊着雅致的枝形吊灯，比平常见到的更接近地面。据说由于这家酒店非常宽敞豪华，所以周末和假期都排满了结婚仪式的预约，就算是工作日，也有来此地办订婚典礼的。酒店员工每天都要接待来踩点的新婚夫妇和他们的父母。

然而，今天这里聚集了一大堆与婚礼无关的人。他们都是代替自己的儿子或女儿来相亲的。

子女因为工作太忙而抽不出时间相亲，便由父母代替他们参加类似活动的行为被称为"代理相亲"。第一次看到杂志和新闻节目上介绍这一现象时，益男不禁感慨地说："这世道完了。"

益男是典型的"团块世代"人。他出生于日本经济高速增长时期，在泡沫经济最繁荣时生了个独生子。经济繁荣的年代，女性结婚后就会回归家庭，因此妻子郁子一辈子都是家庭主妇。平常除了做做家务以外，就是照顾独生子孝一。因此孝一即使上了高中，依旧由母亲为他打扫卫生、整理衣服。

"让他自己来。"益男时常训斥。

"我帮他做又怎么了？我们小时候，父母都没时间好好照顾我们，我不想他也像我们小时候那样可怜。我很早之前就打定主意要好好照顾他。"

每当益男试图让郁子不要再插手儿子的事情，郁子都会如此反击，然后继续无微不至地照顾儿子。

郁子说得没错。他们的童年时代正处于"二战"战败后，父母和祖父母为了生活拼尽全力地工作，根本没精力照顾孩子。而且那时候不像现在有那么多电子产品，所有的家务都要母亲一个人亲手完成，经常一做家务就花费一整天的时间。益男确实不记得母亲照顾过自己，她总是让自己和哥哥姐姐一起玩，让他们帮忙检查作业。到了小学高年级，他就开始自己做便当，体操服破了也是自己补。那个年代，孩子自己做这些都是理所当然的。妻子郁子作为长女更是如此，她还要照顾三个妹妹，根本没机会跟父母撒娇，这一点让她一直遗憾难过到现在。也许是为了让小时候受过的委屈不再重演,郁子把照顾儿子孝一当作生命的意义。

回想起来,这样的家庭模式在当时很常见。再往前的那个年代,夫妻俩忙得晕头转向才是爱情。而到了现在,父母对孩子的照顾居然扩展到替孩子相亲,真是无聊透顶、愚蠢至极。益男一直很鄙视代理相亲,也根本没把这事放在心上。

所以,当几天前郁子回家后告诉他报名参加了代理相亲活动时,比起惊讶,他更多的是愤怒。

让他更加怒火中烧的是,郁子竟然云淡风轻地对他说:"我是用自己的钱报的名,你没什么资格抱怨。"说完,她就淡定地去准备晚饭了。

他们俩结婚时,二十四岁的妻子郁子乖巧顺从,十分稳重。然而,在一起生活了四十年之后,郁子的脸皮越来越厚,说话也变得毫不客气。益男退休在家赋闲后,他感到郁子更是得寸进尺,说话做事完全不考虑他的心情。虽然这么想,但益男也拿不准这是不是一个退休男人的嫉妒心在作祟。

妻子口中所说的"自己的钱",是指她在陶艺教室做助手赚的打工费。孝一长大成人出去工作后,为了排遣寂寞,郁子开始学习陶艺。她本来手就很巧,而且很喜欢缝纫、刺绣这种需要集中注意力、好好做一个东西的事。刚开始时,她只能烧制筷子架和茶杯这种小东西,但学了十五年之后,现在她已经可以游刃有余地制作一个花瓶或盆。而且,郁子和她的陶艺老师关系非常好，于是益男退休之后，郁子便做起了陶艺老师的助手，一周去三次。

让益男心里不爽的是，自己窝在家里无所事事，妻子却神采奕奕地在外工作着。除此之外，她还在家门口的鞋架上摆了一排陶艺作品，之前那里放的一直是益男画的画。

益男从小就对水彩画感兴趣，画的主要题材是花草，他尤其爱画喜林草这种群生的蓝色花朵。之前，他会把自己画的画裱起来放在客厅和走廊里，但买了现在住的房子之后，妻子就禁止他在墙上挂画。

"这房子不是租的，别在墙上钉钉子。"

搬家时，益男只好把好几幅心爱的画装进了纸箱子，到新家后也没机会把它们拿出来。只有玄关的鞋架上摆着益男最得意的一幅画。

然而，妻子又往架子上放了花瓶和水壶，自然就挡住了益男的画。于是益男开始故意画那种很大的画，摆在妻子的陶器前面。妻子就又不甘示弱地烧制大件陶器，摆在益男的画前面。这场无声的战争持续了好长一段时间，就目前的情况来看，益男的画完全被妻子制作的大型水壶挡在了后面。

益男装作若无其事的样子，拿起放在桌上的收据看了看。活动会费是两个人三万日元。益男心想：就这点钱，还好意思一脸骄傲地说"花的是自己的钱"。那这个房子是谁买的？你穿的衣服又是谁买的？甚至你去学习陶艺又是谁付的钱？

然而，益男终究没有将这些反驳的话说出口，他知道一旦自己说了，就会收到妻子好几倍的反击。

"孝一今年不是才三十五岁吗？不结婚也没啥奇怪的，等到了四十岁再操心也不迟。"

益男没发什么牢骚，却冷静地说出了自己的想法。

"到那时候就晚了。"妻子一边盛着饭，一边斩钉截铁地说。家里现在用的盘子都是她亲手烧制的，很土气，没什么艺术感。

"年龄越大越没优势，这一准则不分男女。他现在这个年龄，还能找个二十多岁的姑娘结婚。等到了四十岁，估计就找不到了。"

益男惊讶于妻子的这番话，没想到她把婚姻市场把握得如此精准。他又默不作声地打开了和收据放在一起的宣传手册，发现里面写着同样的话。估计是她去听说明会时工作人员发的吧。

"但是，替一个三十多岁的男人去找结婚对象也太奇怪了吧。交给他本人去找不就好了。"

"就是全都交给他，才让他到三十五岁还没结婚的不是吗？孝一这孩子，做事认真，性格比较内敛。而且他那么忙，也没机会认识合适的姑娘，所以我们必须拼尽全力去帮他。都说在这个时代，父母必须和孩子一起联手相亲才行。"

妻子一脸得意地说着，估计这也是她在说明会上听来的话。

不过，确实如妻子所说，孝一从没带女孩子回过家。郁子问他"有没有女朋友"时，他都只是冷淡地随便应付一句。从父母的角度来看，孝一相貌平平，怎么看都不是受女孩子欢迎的类型。就连工作也不是安安稳稳地当个公司职员，而是在自己创业。

虽说郁子过分溺爱孝一这个独生子，但他本人其实是一个不喜欢被母亲过度干涉的普通男孩子。很早就离开父母独自生活，读高中时靠在快餐店打工赚的钱买了一辆摩托车，然后读了技校，学习修理摩托车。之后就正式开始一个人生活，和两个好朋友一起开了一家摩托车修理店。

他每天一大早就到店里上班，晚上全身沾满油渍回到家。这种生活方式确实很难遇到什么女孩子。和他合伙的朋友也是单身，每个都老大不小了，好不容易放假又总是约上三五好友骑车出门旅游。

"喂。"

"什么事？"郁子坐在餐桌前，正双手合十准备动筷子。

"孝一他……不会是同性恋吧？"益男思考了很久，还是决定问出口。

结果郁子马上回答说："不是的。"

妻子这副从容的样子让益男很火大，于是他激动地继续问："你说不是，只是因为你不肯承认吧，所以一个劲儿地帮他掩饰是不是？"

"你这话可真难听。"妻子有些惊讶,然后又说道,"我是他妈妈,我什么都知道。"

"那你到底凭什么觉得他不是?"

"我当然不是瞎说的。他上初中的时候,还把小黄书藏在床下和衣柜深处呢。他朋友来家里做客的时候,他们还很兴奋地看成人电影呢。"

"是吗……"

"孝一是个普通的、健康的男孩子。你这个当爸的真是的,啥都不知道。"郁子抱怨道。

之后,她又开始唠叨益男对教育孩子这件事完全不关心,不停地翻旧账。说益男受"工作狂""企业战士"这类宣传语蛊惑,完全不顾家庭,没做过一件父亲该做的事。都是因为他,才导致孝一对结婚和成为父亲没有憧憬,甚至说孝一之所以对结婚不积极,都怪益男。

话已至此,益男实在无法拒绝去参加代理相亲的活动了。于是,今天,他久违地穿上西装,和妻子来到了会场。

到底什么时候能排到啊……

益男不停地数排在自己前面的人,终于只剩下两组了,此时他已经等了整整一个半小时了。

益男叹了口气,低头看了看手里的号码牌。每对夫妇都会拿到一个号码,益男夫妇手上的数字是"八"。为了让大家能自由挑选,在会场里都以号码代替参与者。如果和包厢里的孩子父母聊得来的话，就与对方交换姓名和联系方式。这样做还能保护隐私。

另外号码牌也会送到对应的小包厢里，也就是说，每对夫妇都有一个专属包厢。益男夫妇也可以直接去自己的包厢里等着，但是，在签到处看了一遍今天的参加者名单和简单介绍后，郁子说"十三号家的女儿最优秀"，就要去人家的包厢门前排队。

益男也看了一眼介绍，确实如妻子所说，照片上的女孩子容貌清秀，楚楚可人。职业是钢琴教师，才二十四岁。任何人看了都会觉得她是"理想的妻子"。

他们满怀期待地来到十三号包厢，却发现排着长长的队伍。益男夫妇看上的儿媳妇，其他夫妇自然也看中了。

父母们拿着孩子的个人资料单和照片耐心地等着。宽阔的会场内陈列着一排包厢，大家都在认真地排队——益男心想，这景象似乎在哪里见过，到底是哪儿呢？

"对了，这简直就是在求职啊。"益男终于想起来了。

正在确认儿子个人资料的郁子因为益男脱口而出的这句话而抬起了头。

"你说什么？"

"你不觉得咱们这个样子就像求职时参加公司宣讲会一样吗？哦，对，你不知道公司宣讲会是什么样子。所谓公司宣讲会，就是公司和学生在同一个会场里，受欢迎的公司展台前总是排着长长的队伍,学生们个个穿着西装,就像现在这样。不过那时候我拿的不是孩子的资料,而是个人简历。哎呀,简直一模一样嘛。"

益男笑着跟妻子耳语道,而妻子却叹了口气说:"你也真是的,这有什么好比较的。"

"哈哈哈,这不是跟求职一样大张旗鼓吗?"

"你说什么呢,这可比求职重要多了。这是关系到一生的大事。"

听到妻子这句话,益男惊讶地摇摇头。而妻子完全没理他,只顾着往前走,终于排到了。

"您好,请多指教,这是我家儿子的照片和个人资料。"

刚坐下,郁子就拿出了 A4 大小的文件。

"我家儿子是摩托车修理师,经营着一家修理厂。他们那儿清一色都是男人,所以到了三十五岁也没什么认识女生的机会。"

妻子自顾自地说了起来,对方父母只是客气地笑着点头。他们手边足足有三十多份男方的照片和个人资料,为了保护隐私,全都翻过来放在桌子上。考虑到益男夫妇之后还有很多人排着,估计这家父母最后会收到五十份男方的资料,而孝一只不过是其中之一。

益男累了,赶紧坐到妻子旁边。

"我家女儿是钢琴教师,身边的男性都是学生的家长。"

一头栗色头发挽在脑后的女性用手掩着嘴巴笑着说。按理说她应该和郁子差不多大,但皮肤亮白细腻,看起来既美丽又年轻。她身旁的银发男性温柔地看着她,开口说道:"虽然女儿很想自己结识良缘,但每天都要上课,实在是没有时间。我们又想早点儿抱外孙,所以替她来参加相亲活动。"

听到这里,益男心想,原来他们是如此积极参加这次的相亲活动啊,和自己可真是不一样。

之后,两对父母聊起了自家孩子的兴趣和工作。虽说交换的信息都是关于孩子们的,但这其实也是做父母的互相考察的重要机会。

从十三号父母的外表和言谈举止来看,他们非常有品位,素质非常高。如果和他们做亲家的话,应该很容易相处。而且可以想象出他们两人教育出来的女儿应该是位无可挑剔的千金小姐。从这点来说,父母先于子女见面的"代理相亲"确实颇有意义。

"其实……我家女儿只有一个条件。"十三号的母亲有些顾忌地开口说,"结婚后,她还想当钢琴老师。"

"哎呀呀,这种事情我相信我家儿子是不会介意的。"

郁子说完后,对方反而更加顾虑地说:"能继续当钢琴老师的话,她想在新家里放两架钢琴。隔音装修的费用可以由我们来出,但是我们希望新家足够大,能容纳两架钢琴。您觉得这个要求怎么样?"

益男想起了孝一独自居住的地方。他单身,本来租一个一室一厅的公寓就够用了,但由于他还要摆弄摩托车,所以益男干脆在郊外给他买了一栋带车库的二手独栋小楼。虽然房子足够宽敞,绝对能容纳两架钢琴,但家里到处都是修理工具和零件,还充满汽油的味道,和钢琴实在是不相配。

然而妻子郁子却自信满满,甚至有些骄傲地说:"这个要求我们可以满足。我家儿子有自己的房子。"

益男发现,当妻子说孝一的独栋小楼虽在郊外,但也算在东京都内时,对方父母的眼睛里突然闪着光——这也许是益男的心理作用吧。

之后,大家又互相确认了一下子女是否有婚史、是否有孩子,然后交谈就结束了。妻子郁子低头致意,离开了包厢,然后深深地叹了一口气,对益男说:"这对名流夫妇太厉害了,这位父亲以前是医生来的。"

"你怎么知道的?"

"放东西的那个椅子上放着个皮质活页夹,上面印着医院的标志。"

益男回想了一下,那里确实放着一个看起来用了很久的活页夹,但他完全没看出来上面有什么标志。不愧是做母亲的,眼光还真是毒啊。

"你看到他家太太的项链和戒指了吗?那得有多少克拉啊。

还有那件皮草大衣,一看就贵得要死。他们家女儿又那么优秀,要是能和这样的家庭做亲家可就太好了!"

益男虽然只是一介上班族,但怎么说也曾是一家大公司的部长。不过即使如此,和名流比还差得远呢。

"两架三角钢琴和隔音装修,这么讲究的千金小姐是看不上我们家的。咱们别做白日梦了。"益男忍不住打趣道。

"说得也是。"郁子一脸遗憾地微笑附和。然后又开始研究参加人员清单,之后对益男说:"我们去排第二十六号吧。"说完就急匆匆地走了过去。

活动那天之后,他们陆陆续续收到了几封信件。

不用打开也知道里面是什么,都是孝一的照片和个人资料。

代理相亲活动的主办方只提供活动场地,之后的交往一概不参与。面对面交谈时双方父母会交换各自孩子的照片和个人资料,资料袋上已经写好了姓名和家庭住址,也就是说,只需装进信封、贴一张邮票就可以寄回了。这些都属于个人隐私,不能随意丢弃,因此一旦拿回家后发现孩子不感兴趣,只要寄给原主人即可。所以说,一旦收到寄回的信,就代表被拒绝了。

"北野律子小姐是哪位来着?哦对了,是那个二十号。那家姑娘和孝一年龄相仿,我还以为能来电呢,没想到还是不行啊。"

拆开信封,妻子比对着寄信人的名字和列表,失望到了极点。包括第十三号,他们那天共排了十个包厢,现在已经有一半以上寄回了资料。

妻子等待的是"小信封"。如果子女对对方感兴趣,想见一面的话,要在事先拿到的"见面登记表"上填入信息并寄出。登记表上只有"喜欢对方的理由"和"希望见面的时间和地点"这两栏信息要填,就小小一张纸,用最小的四号信封寄就行。所以只要打开信箱看一眼信封大小,根本不用拆开,就知道是拒绝还是接受的。

益男觉得这一点也很像求职。内定通知是薄薄的信封,寄回简历和不录取通知的话就是厚厚的信封。因此求职的应届生们经常苦笑着说:"无须打开就知道结果。"被选中、没被选中——所谓人生,就是在不断重复这两个选择。

郁子强制孝一今晚必须回来,不怎么回家的孝一听从了。郁子准备把那些寄回了拒绝信的女生照片和个人资料拿给他看,希望他能选一个想见面的。

孝一已经听妈妈说了代理相亲的事情,但对此丝毫不感兴趣。

一想到孝一听说此事时的态度,郁子就忍不住发飙道:"你猜他跟我说什么,他说'爸妈你们俩也真是够闲的'!我怎么生出一个这么冷血的儿子!"

益男很想回一句:都是因为你太惯着他了才导致他这种性格。但最终还是没说出口。郁子的抱怨持续了很长时间,最后甚至把矛头转向了益男。

"他这一点跟你一模一样，你之前也是……"

益男心想：要是这就是婚后生活的话，我真是太理解孝一对结婚不感兴趣的心情了。

"差不多行了吧。我们也去参加活动了，做了父母该做的事，接下来守护好他就行了。"

"你说什么？"妻子气得挑高了眉头。

益男发觉自己说错了话时已经晚了。

妻子继续咆哮道："都怪你做事总是慢吞吞的，才搞成现在这个样子。这孩子不结婚，都是因为你不催他。做父亲的，应该……"

正在做饭的妻子干脆转过身来冲着益男吼，她一手叉腰一手拿着菜刀气愤地上下挥舞，啰啰唆唆说个不停。

"哎呀，邮递员好像来了，可能是登记表到了，我去看看。"益男听到车子的声音，急匆匆地逃离暴怒的妻子。

打开信箱一看，有好几个大信封，益男想，如果马上拿回家，那相当于火上浇油。于是他当没看见，去买烟了。

在便利店买完烟之后，益男在河岸边慢悠悠地走着。突然听到身后有人搭话。

"是石田先生吗？"

回头一看，竟然是十三号的母亲，那位美丽优雅的女士。

"哎呀,这不是……这不是那个……吉村女士吗?"

"是的,我是吉村叶子的妈妈,吉村久惠,前几天受您照顾了。"

"哪里、哪里,我们才是受您照顾了。"

"真的太巧了,我正打算去拜访你们家呢。"

"拜访……我们家?"

久惠微微歪了一下头,从手提包中掏出一个白色的小信封,对益男说:"本来想直接寄给您的,但正好来这边有事,就打算走几步送到您家。"

"特意跑到我们家送信?这真是不好意思。"

益男接过信封,注意到是小信封,莫非这是……

"一般来说我也不会特意来送的,但我家女儿特别喜欢孝一先生,说一定要跟他见上一面,我才打算登门拜访。"

益男惊呆了。这是郁子最喜欢的一家人,而且她都放弃期待收到这家人的小信封了。

"这可真是荣幸。我老婆肯定要开心哭了。"

益男这话可不是夸张,若把这个好消息告诉妻子,她连日来的暴躁情绪绝对会一扫而空。

"真的吗?太好了!那孝一先生他自己有什么想法吗?"

"抱歉,其实他还没看过您家女儿的资料。他实在是太忙了。"

"这样啊……"

看到对方母亲有些失落，益男连忙补充说："他今晚回家。我们到时会把这个好消息告诉他的。"

"太好了！希望他能喜欢叶子。"

"怎么可能不喜欢！"

益男这句话也不是客套话，而是心里话。看到叶子照片的男人，绝对不会拒绝她。

"话说回来，这附近的自然风景好美，您住的街区可真是好呢。"

久惠环顾四周。此时夕阳将街道染成了暗红色，河面上映着落日余晖，波光粼粼，很是动人。

益男的视线不小心落在了久惠的侧颜上，不禁被眼前的她迷住，打了一个激灵。

之前就注意到了她的美，但今天却被她的美迷得神魂颠倒。高挺的鼻子下是一个好似樱花花瓣的嘴唇，长长的睫毛在夕阳的照射下在脸上印出阴影，白皙的脖子线条优美。此时她的皮肤被染上了一层金黄色，头发随风飘扬，周围的空气都随之洋溢着说不出的香味。

好想画这么美的女人！

迄今为止，益男的绘画题材全是植物，他也从没想过画人物。但是见到久惠之后，他的创作欲望变得非常强烈，很想用画笔将这幅美景画下来。

益男看得目不转睛，这时久惠突然转头看向他，益男连忙移开视线。

"那我先告辞了,请代我向您妻子问好。"

说罢,久惠转身离开。融入冬日夕阳美景中的久惠的背影却一直吸引着益男。

益男回到家时孝一已经到了,正坐在餐桌前吃郁子做的饭。看到益男回来后,孝一一边往酒杯里倒啤酒,一边说:"爸你回来了。"

"我也来喝一杯吧。"

益男从碗碟柜里拿出自己的专用酒杯,正在盛米饭的郁子马上说:"哎呀真是稀奇。"益男不怎么喝酒,上班时他会陪客户喝几杯,但在家里几乎从不沾酒。

"嗯?今天遇到点儿好事。"

孝一为他倒满一杯,益男喝了一口,从胸前的口袋里掏出一个白色信封。

郁子一脸惊讶地夺过信封,急忙打开。

"哎呀!那个千金小姐看上了孝一?"

如益男所料,郁子开心地拍着手,兴奋地说道。

孝一一脸困惑,交替看着益男和郁子。

"活动那天特别受欢迎的一个大小姐看上你了!"

郁子急忙把叶子的照片和个人资料拿给他看。

"哦。"孝一看完照片后就迅速翻看个人资料。

孝一看资料时,益男在考虑让两个年轻人去什么餐厅见面比较好。档次比较高的餐厅年轻人会觉得很无聊吧,但太过随意的餐厅又会显得比较没礼貌。对了,就选自己常去的那家画廊餐厅怎么样?那家店不仅东西好吃,而且墙上挂着许多优秀的画作。益男很想带久惠去自己喜欢的地方。

"怎么样,叶子很完美吧?"

"确实很优秀。什么时候见面?"

"我看看啊。"郁子确认了一下登记表上的时间,说,"下周周末或下下周周末。"

"周末啊,店里人手不足,我要在店里帮忙。"

"那你什么时候休息?我再跟对方商量一下时间。"

"嗯,最近我要去趟废料厂,帮他们修一些零件。"

孝一吃着菜,随意应道,没有马上定下日期的意思。

"第一次见面,你就不能配合着女方的时间来吗?这样算什么男人?!"益男的口吻有些严厉。自从孝一长大成人之后,他几乎没对儿子发过火。正因如此,孝一被吓了一跳,然后支支吾吾地说:"可是……"

"我和你妈可是花了好久的时间帮你找结婚对象,你已经三十五岁了,该好好考虑未来的事情了。"益男继续毫不留情地说道。

被益男说了一顿之后,孝一终于打开手账确认接下来的日程安排,并给一些人打电话调整时间。

"下周六会来个新人,他可以帮忙。"

听了孝一的话，益男露出满意的神情。

"好的，既然时间和地点都确定了，那我们快点联系对方吧。"益男积极地说。

等到孝一吃完饭回自己家去后，郁子兴冲冲地给益男倒酒，夸奖他道："你今天很厉害嘛，对你刮目相看了。果然当爸爸的就该这么强硬地教训孩子才行。"

"嗯？是吗……"

益男的心情也特别好，将啤酒一饮而尽。

他醉醺醺地回到自己的房间，摊开素描纸，拿起铅笔，依照记忆画起站在河岸边的久惠。

湿润的眼睛、微微一笑的嘴唇、洁白柔软的脖子。

侧颜、正面、半身、全身……益男画了无数张，每张的构图都不一样。

下周就能再见到久惠了。

一想到这个，益男就忍不住兴奋起来。

和她聊什么呢？她喜欢吃什么呢？要不要穿上那套在英国人开的店里定制的西服？

意识到自己已经开始想这些问题时，他慌忙停了下来。

什么呀，这种轻飘飘的心情。

难道说，自己不是想画她，而是喜欢上了她？

益男抬起头，发了好一会儿呆。

没想到年近古稀的自己居然还对女人产生了这种感情。他一直以为自己就要伴随着孤独渐渐老去了，没想到有一束光照射了进来。

益男心里痒痒的，开心得不行。这份心情让他更加有灵感，于是他又动手画了起来。

第一次见面安排在中午。

"这家店真棒啊，我之前竟然不知道还有这种类型的餐厅。"

一踏进画廊餐厅，久惠就一脸惊奇地观望四周。

自己喜欢的地方被久惠夸奖，益男的心情好极了。

双方父母和子女共六人坐在了最里面的位子上。父母各坐一边，中间的位置留给了子女，让孝一和叶子可以面对面交谈。

叶子清纯可爱，就连平时沉默寡言的孝一也主动开口介绍起自己的工作和兴趣。叶子提起在国外旅行的经历、喜欢的钢琴家等，两个人聊得还算开心。不过由于是初次见面，话题很容易中断，一不小心就会陷入沉默。

他们点的是套餐，所以甜点上桌前就不得不默默等着。正当益男思考着该如何缓解这种尴尬时，正好看到离餐桌最近的一幅装饰画。

这家餐厅会定期更换挂在墙上的画作，益男也是第一次见到它。这幅油画有两平方米大小，整体为深蓝色，上面有星星点点的一些白点。看了一下作品的名字，叫作"自我"。益男心想，这幅画倒是可以作为聊天的话题。

"大家觉得那幅画想表达什么呢？"

打破沉默的益男看着眼前的五个人。

"原来那不是墙壁，而是一幅巨大的画呀。"叶子惊讶道。

"画的肯定是大海。"久惠认真地说。

"不对，画的应该是天空，你看，那里还有云。"久惠的丈夫、顺二先生指着白色的地方说。

"这幅画叫'自我'。"

"自我？"三人齐声道。

"是将内在感情通过色彩表现出来。恐怕这幅画是受到了抽象表现主义的影响。"

大家呆呆地听着益男的解释。

"这是之前在纽约非常盛行的美术趋势。特点是不用画板架，而是直接在油画布上作画。然后……"

"提起纽约……"久惠突然精神起来，"我们前段时间刚刚去了纽约，第五大道居然开了新的时装店，真是没想到呢，对吧？"

"对呀，因为我们是坐头等舱来回的，能放下很多行李，所以一不小心就买了一大堆东西。"

"洛克菲勒中心今年的圣诞树也很漂亮呢。"

吉村一家兴奋地聊了起来，而石田家完全插不上话，只好在一旁静静听着。不过对益男来说，只要能听到久惠的声音就心满意足了。

久惠的表情和动作都让益男沉迷,他恨不得一直看下去。

吃完午餐,两家人就此告别。本来大家还想去咖啡厅一起喝杯咖啡的,但是孝一必须赶回店里,只好告别。

"他们这家人真好啊。"益男情绪高涨地回到了家,跟郁子说。

"孝一好像也很喜欢叶子呢,他们两个聊得很开心。"郁子一边泡茶一边开心地说,"两个人站在一起还真是般配呢,这门亲事不错。"

"对啊,好得没话说。"益男喝着茶,嘴角上扬地说道。

他今天是真的开心,要是孝一和叶子结婚了,他就能经常见到久惠了。

"对了,给他们打个电话表达一下感谢吧。"益男对郁子说。

郁子点点头回应道:"我也是这么想的。我们男方给女方打个电话比较合规矩。"

"嗯,那我给他们打一个吧。"

"那就麻烦你了。太好了,没想到你对孝一的婚事这么上心。"

益男走到走廊,用自己的手机给久惠的手机拨了一个电话。通话音响起时,他的心跳得特别快。

"你好。"

听到久惠声音的那一刹那，益男的心像被揪住一样。这种心情已经几十年没出现过了。

"我是石田，今天辛苦你们了，真是谢谢你们来和我们家一起吃饭。"

"我们才是要说谢谢。真的特别开心。孝一是个认真的好青年，叶子越来越觉得他不错。石田先生关于绘画的谈话也十分有趣。"

"谢谢夸奖。"

益男聊起绘画的事情时，妻子总是一脸不耐烦的表情，而久惠竟然特意夸赞他对绘画的见解。益男的心情好到了极点。

"看来您的艺术造诣很高呢。"

"没有的事，只不过自己也在画画，所以看到别人的画，会忍不住解释一番。这算不上什么艺术造诣。"

"哎呀，您自己也画画吗？"

"就是随便画画，画得不好。说这些真是不好意思。"

"有一个会画画的丈夫，您妻子一定很骄傲吧。这真是一个高雅的兴趣。"

听到久惠这么说，益男突然想起放在纸箱里的那些水彩画。要是和久惠这样善解人意的女人结婚的话，她一定会夸赞自己的画作，并且在家里专门找个地方把自己的画展示出来吧。

"真想看看您的画呢。"

"啊？"益男心里突然咯噔一下。

"虽然我是个完全不懂画的门外汉,但是很希望看到益男先生的画作呢。"

不知不觉间,益男流下了眼泪。居然有人对自己的画这么感兴趣。退休后益男就将全部心血投入到了绘画上,久惠如此感兴趣也让益男非常感激。

电话挂断后,益男仍然沉浸在刚刚聊天的氛围中。视野前方出现了久惠模糊的样子,她正对着自己微笑。

看来必须要早点谈成这门婚事。

益男十分兴奋,赶紧给孝一发了条短信,告诉他"想聊一聊之后的进展"。

第二天傍晚,孝一突然回家来了。他说刚好到附近收购二手摩托车,就顺便回家看看。

"妈妈呢?"

放下皮包后,孝一朝着厨房的方向问道。

"她去陶艺教室打工了。我们不知道你今天要过来。"

两人走向暖炉,孝一正对着益男坐着。

"我本来还想直接跟妈妈说的,但她不在,那就没办法了。叶子的事情,帮我拒绝了吧。"

正在剥橘子的益男惊讶地抬起了头,孝一的反应在他的意料之外。

"你之前不是和叶子聊得很开心吗?"

"当然了，这是最基本的礼貌问题吧。不过，总感觉和她聊不来。我不太喜欢她那种成熟稳重的女孩，我喜欢活泼可爱点的，能和我一起修修摩托车、骑摩托车出门旅行的。"

"骑摩托车对女孩子来说也太危险了吧。"

"没有的事，有很多女骑手呢。之前我打算结婚的那个女孩子就会和我一起骑摩托车。"

"还有这回事？"

益男完全不知道孝一之前还交过一个会骑摩托车的女朋友，惊讶地问道。

"她是我在骑摩托车远行时遇到的女生，最后因为异地恋，无奈分手了。总之，我又不弹钢琴，也不听古典乐，和叶子小姐合不来的。我还想让老婆帮忙处理店里的事情呢，叶子小姐她也做不了的吧？"

"你别这么着急下结论啊，好歹多见几回。"

"不用了，对方肯定也是这么想的。叶子小姐和她父母压根儿就没看上我。"

"你瞎说什么呢。他们一家人都特别喜欢你。"

"是吗？"孝一一脸惊讶地说，"按理说不应该啊。"

"为什么？"

"因为叶子小姐她一看到我的手，就一脸嫌弃。"

"应该是被吓到了吧。"

"是吗？她的眼神冷冰冰的。就我这双手，再怎么保养，也能一眼看出来是干苦力的。"

孝一拿起放在暖炉上的橘子开始剥起来。他的指甲和手指上都沾满油渍，黑黢黢的，无论怎么看都是做苦工的。

"对方父母的态度倒是很好，但是眼睛里完全没笑意。当爸爸你为了引出话题而聊起画作时，他们竟突然炫耀起去纽约的事情。而且，他们一家人都戴着劳力士手表，吃饭却剩一大堆。我真的不太喜欢他们一家人。"

益男没想到孝一竟从他们的言谈举止中看出了这么多信息。但或许是他为了不结婚，而特意找出的理由吧。

"话说回来，爸爸你是怎么看中这家人的？"

"因为……这家姑娘条件优秀啊，她父母也很体面。"

"这可真不像你。"

"嗯？"

"平常的你，肯定会说他们这种名流没什么品位。"

"可是，你找结婚对象的话，对方生活富裕不是挺好的吗？"

益男咳嗽了一声。他之前确实跟孝一说过，就算是有钱人，也不能在外面肆意炫耀，这样的行为很低俗。

"吉村一家都很优秀。和这样的一家人结为亲家的话，我们也能安心。"

孝一不明白父亲为什么轻易改变昭和年代的顽固做派，居然完全推翻了自己之前的观念。

"你也真是的，高高在上地批评人家像什么样子。而且，我解释完那幅画之后，他们很感动，刚刚还特地打电话来感谢我呢。他们是一对有教养的夫妇。"

"啊，这样啊，那可能我看错他们夫妇了吧。"

"对方父母肯定也很紧张啊。你怎么能根据外表来判断人品呢。"

"知道了、知道了，都是我不好。"孝一真诚地道歉，"他们肯定都是好人，毕竟很少见老爸你这么维护人。"

孝一这话没什么深意，但益男却像是被看穿了什么似的紧张了起来。孝一吃完橘子后，站起来去扔垃圾。

"谢谢你们这么操心我的事。我没能按照你们的想法做事真是对不住。你帮我跟老妈说一声吧，我想拒绝叶子。先走了。"

说完孝一便去工作了。留下益男待在原地。

他还以为孝一会和叶子交往，就算没结成婚，最起码也会和叶子多约会几次，毕竟叶子长得那么可爱漂亮。然而，孝一却对叶子没什么兴趣。这也就是说，益男再也见不到久惠了。

益男失望至极，开始吃剩下的橘子，突然觉得橘子好酸。他皱着眉头吃完之后，掏出了手机。虽然心情糟糕，但讨厌的事情还是早点了结比较好。他也想过应该跟郁子商量之后再跟对方说，但他实在不想看到郁子大吵大闹的样子。还是趁现在赶紧给对方打个电话吧。

益男找到了昨天的通话记录，给久惠打了电话。没想到电话立即接通，他又听到了久惠的声音。自报家门后，久惠有些兴奋地说："哎呀，真是巧呢。我刚刚还在跟叶子讨论下次约会的地点。"

"那个……其实……"益男下定决心说出实话，"很谢谢你们，不过孝一他……"

"据说有一位很有名的福音歌手要在横滨的英国庭院办小型演唱会，叶子说想去看看。"

在英国庭院听福音歌手演唱——这确实不是孝一的风格。

"我这次打电话想说的是……"

"机会难得，我们做家长的也去听听看吧。石田先生您和妻子也会一起去的吧？"

"一起去？"益男没想到久惠会邀请自己和郁子，脱口而出，"可以吗？"

"当然啦。我们来一场六人约会吧。"久惠说着，笑声像少女一样甜美。益男心想，六人约会——自己和郁子肯定是一对，但不知为何，脑海中浮现的却是自己和久惠。

"可以，我们一定去。"益男不计后果地答应了，"那我跟孝一确认一下行程……到时候见。"

玄关门开了，刚挂断电话，郁子就回到了家。

"哎呀，刚刚那是吉村家来的电话吗？已经约好了下次见面，也就是说孝一也看中叶子了是吗？不过这也在意料之内。"

"对啊,我已经让孝一安排日程了。"益男若无其事地撒谎道,"不过,孝一说你总是催他让他很烦,所以希望我来跟他沟通。"

"知道啦、知道啦。你们爷儿俩沟通吧。我这个做妈妈的啥都不管了。"

郁子好像非常开心,还少见地开起了玩笑。要是她知道了孝一的真实想法,肯定会备受打击。

益男自己也知道这么做很不应该。不过,他就像第一次陷入恋情中的中学生一样,没别的想法,只是想见久惠。

强行带孝一去吧。要是他实在不愿意,就说他工作上临时有事吧。

终于到了第二次约会这天。孝一果然没有出现在英国庭院的售票处前。

益男费尽口舌劝他过来,而他断然拒绝了。

"真是对不起你们,孝一他工作上突然有些事要处理。他也一直期待见叶子的。"没人对益男的道歉表示怀疑。

吉村家表示很遗憾,郁子也生气地说:"孝一这孩子也真是的。"

益男只好安慰她说:"别生他气了。突然被客户叫走也没办法。"郁子还是有些生气,冲益男抱怨道:"果然不能把事情交给你。"

按照原计划,五个人一起进入了园区。益男发现叶子非常失望,内心感觉很对不起她。不过他转念一想:叶子这么优秀,就算和孝一的亲事没谈拢,也有很多人追求的吧。今天这一天就满足一下我这个时日无多的老年人的心愿吧,和久惠共度这一天我就心满意足了。一直到死那一天,我都不会忘记今日的心情,我会把这份回忆当作宝物保存起来,度过余生。

唉,要是孝一和叶子在一起的话,就没这么多麻烦事了……

快乐的时光总是很短暂,转眼就到了分别的时候。吉村家坐JR回去,益男他们坐地铁回家,于是五个人在JR的检票口告别。

"今天真是太谢谢你们了。我玩得很开心。"分别前,叶子对益男和郁子说。

"孝一的事情真是抱歉,你难得抽出时间,他却没过来。"益男发自内心地道歉。回去之后,他下定决心必须跟叶子他们说清楚。

"那个……我想和孝一先生直接联系,您能告诉我他的联系方式吗?"叶子有些害羞地问。

这个要求理所当然应该满足。本来初次见面时,两个孩子确认了对方的心意之后就该交换联系方式的,而做父母的自然也会退出。他们今天聚在一起,原本也是为了加深两个人之间的感情。

"当然、当然，你等一下。"郁子急忙回答，翻出手机里的联系方式。她一向依赖手机，背不出孝一的电话和邮箱地址。

"我来写吧。"益男从胸前的口袋里掏出手账和圆珠笔，写下了邮箱地址。

但他写的不是孝一的邮箱，而是自己的。孝一的电话号码之前给过久惠，所以他没敢写电话号码，很容易暴露。但他们还没交换过邮箱地址。总之，在拒绝吉村一家之前，益男想再争取一些时间。他把写好的纸条叠起来，亲手交给了叶子。

"谢谢叔叔。"叶子开心地收起了纸条，和父母一起挥手告别，从检票口进入了站台。

永别了，久惠。

益男望着远去的久惠，在心里默念。

"孝一这孩子也太过分了。工作的事情就必须今天处理吗？"走向地铁的路上郁子满怀怒气地抱怨道。看来她一整天都在想这件事。

"你也别动不动就去联系孝一，冲他发火。男人不喜欢这样子。"益男赶紧叮嘱郁子。虽说和孝一没谈拢这件事早晚会暴露，但他想尽量多拖一会儿，最起码现在不能让郁子知道，她现在正在气头上。

"好的，我知道了。"郁子拉着脸，先刷卡进了站。益男望着妻子的背影，感觉很对不起她，让她白白抱有并不存在的希望。

益男纠结何时该打电话拒绝吉村家，他心里知道自然是越快越好，于是暗自计算着他们下电车的时间。

就在这时，益男的电话响了，收到了一封邮件，叶子发来的。

叔叔刚刚给了我您的邮箱地址。我想尽快联系您，所以在回家的电车上就给您发了这封邮件。今天没能见到您真是遗憾，但您要处理工作，这也是没办法的事情。而且，我觉得您这样拼命工作的态度真的很棒。

看到这里，益男不禁在心里感慨：叶子的性格真好啊。

下次什么时候能和您见面呢？为了弥补这次的缺席，您能带我去一个好玩的地方吗？我们一起去看电影或去游乐园怎么样？我等着您的回复。叶子

电影院或游乐园呀。看到年轻人的约会计划，益男忍不住微笑了起来。之后才想起来这是叶子发给孝一的邮件，于是又慌慌张张地摇摇头。

益男没想到叶子这么快就联系了孝一。事到如今，只好先选择无视。万一对方问起，就说工作繁忙搪塞过去算了。

到家后，益男估摸着差不多该给他们打电话了。而就在此时，又收到了一封邮件：

没收到您的回信，我在反省自己是不是太任性了。如果您休假时不方便外出，那我打算做一个蛋糕，邀请您来我家里做客。您觉得怎么样？叶子

益男的注意力全都集中到"家里做客"这几个字上。叶子和她父母住在一起，也就是说，要是去她家的话，久惠也在。
一想到这儿，益男便回复了一封邮件：

今天工作上脱不开身，没能与您见面真是抱歉。我一定去您家拜访。只是，我有一个请求，我能带父母一起过去吗？孝一

我在做什么蠢事！益男心想。理性告诉他必须停下来，但沉迷暗恋的另一个自己又忍不住发了这封邮件。
最后一次了，这是最后一次了。这次之后，我就放弃。
最后见见久惠，只跟她说说话。只要说说话就好，其他别无所求——也求不来。益男的爱慕之情完全是柏拉图式的。这之后谁知道他还能活几年？这是他最后的恋情和祈愿，应该会被大家原谅的吧。
等了一会儿之后，益男收到了叶子的回信：

欢迎叔叔阿姨来我家里做客。十分期待。

看到这儿，益男的嘴角忍不住上扬。

益男望向窗外，自家庭院没有任何新意，就是普通的院子。然而，在肆意盛放的花丛中，突然浮现出久惠的身影。瞬间，益男觉得花香四溢、美不胜收。

去叶子家做客的日子定在了三天后。这次比较棘手的是郁子的唠叨。她不停地跟益男说："你一定要好好叮嘱孝一，让他别在那天安排任何工作。"

于是，益男只好跟她保证：这次既不打电话也不发邮件，而是直接去孝一家，把他带到叶子家里去。这么说以后，郁子总算是不再唠叨了。

至于孝一这边，为了防止他跟郁子联系，益男威胁他说："要是你给你妈打电话，我们就又要开始帮你代理相亲了。"

这么隐瞒着，终于到了拜访当日。

郁子去商场里买礼物，益男和她约好在离吉村家最近的地铁口会合。然而，当郁子看到等待她的只有益男一个人时，立马变了脸色。

"孝一呢？你不是说去接他了吗？"

"他说他晚点儿过来。有个紧急的工作必须马上处理。"

郁子的太阳穴抽动了一下，怒气冲冲地说："晚一点儿是晚多久？"

"大概晚一个小时。"

"这孩子，气死人了。"郁子一边抱怨，一边愤怒地往前走。

吉村家三口人一起站在门口迎接。

"欢迎来玩。"他们笑着欢迎。同时三人一直看向益男和郁子身后，接着有些疑惑孝一为何没来。

"那个……孝一说他晚点儿过来。"郁子一脸抱歉地解释道。

三个人多多少少都有些失望，但久惠立马跟叶子说："别在意啦。很开心叔叔阿姨来玩吧？"

叶子轻轻点头。

"别站在外面，快进屋。"叶子的父亲顺二邀请大家进屋。益男和郁子换好拖鞋后跟着走了进去。

屋内的装修风格很高雅，而且非常干净整洁。但就像高级公寓的样板间一样，毫无生活感。

久惠就在这种地方生活呀，益男心想。

益男偷偷摸了摸厨房的料理台。这是久惠做饭的地方，益男很想感受一下。

"这房子真漂亮！我都不好意思邀请你们来我家做客了。"郁子叹口气说道。

益男和郁子坐在沙发上，喝着久惠泡的红茶。久惠习惯性地把砂糖和牛奶放进顺二的杯子里，亲手递给了他。益男看到这一幕，打从心底里羡慕顺二。

突然，益男看到了玻璃茶几下的结婚杂志。

"啊，那个是……"叶子注意到益男的视线，忍不住红着脸说，"希望您不要觉得我心急。买这些杂志和做结婚准备一直是我的梦想。"

叶子连忙收拾杂志，郁子却从她手里拿过杂志说："作为女人，就是会对这些婚纱啊婚礼会场感兴趣，对吧？"

郁子翻着杂志，有些激动地说："哎呀，现在都有这么时髦的婚纱了呀！"

"婚礼后穿的敬酒服也很漂亮呢。你看，这一款……"

三位女士越讨论越兴奋，顺二在一旁微笑地看着她们。益男却在一旁直冒冷汗。

叶子竟然已经开始选婚纱了！

明明刚见了一次面，还没正式交往。没想到女人对结婚的期待值这么高，态度这么认真。

事到如今，益男终于意识到事情的严重性了。这么一来，即使他告诉吉村家"抱歉，我家儿子改变心意了"，也很难收场了吧。

"天啊，受欢迎的婚礼场地居然要提前一年以上预约才行啊！"郁子看着婚礼场地特辑，惊讶地说。

"孩子他爸，等孝一待会儿来了，得让他快点儿考虑这些事。那孩子做事总是不慌不忙的。"

益男心想，郁子真是多嘴。然而，久惠却回答说："没必要这么着急定日子的。"接着，久惠继续说，"其实，在结婚前，我们想让叶子和孝一一起生活一段时间。"这句话让益男和郁子倍感意外。

"你是说……让他们俩同居？"郁子问道。

久惠点了点头。

益男和郁子非常惊讶，他们没想到女方会提出这种要求。

"妈妈你真是的，你都吓到叔叔阿姨了。"叶子一脸害羞地垂眼说道。

"其实，我和久惠两个人都离过一次婚。"顺二挠挠头说。

"我在第一次结婚后，立马就发现自己和对方的价值观完全不同。然而，在住到一起之前，我一直单纯地以为我们是天作之合。我深深地体会过婚姻这件事有多困难。但一起生活的话，就能发现恋人那不为人知的一面，你们说对吧？于是，和顺二交往时，我就提出想先一起同居试试看。"久惠说。

"我也同意她的看法，所以我们俩很快就开始同居了。一起生活之后，我确信她就是我要找的人，于是我们俩正式结了婚。"

"然后就一起生活到了现在，对吧？"顺二和久惠相视一笑。

"原来是这样啊。"郁子频频点头。

"所以我们觉得，如果孝一和你们都同意的话，不如让他们两个孩子一起生活试试看。"

"对于女孩子来说，万一结婚后离婚，户口上也不好看，您说是吧？"

"确实如此,您说得对。"

三个人你一言我一语地聊着,而坐在一旁的益男却觉得完蛋了。他没想到话题已经进展到商量子女同居的程度。

"只不过按照常理来看,在开始同居之前,我们希望孝一能正式提出求婚。"

对久惠的这句话,郁子也表示同意。

"您说得是。我们这边一定会拿出聘礼。孩子他爸,等孝一来了,你跟他好好谈谈。"郁子突然跟益男说。

"嗯……这个吧……"

四个人齐刷刷看着益男,搞得他更加吞吞吐吐。

"哎呀,来了封邮件。"益男拿出压根儿就没振动的电话,打开看了看,然后露出一脸遗憾的表情。

"真是对不起大家,孝一说他来不了了。"

空气突然凝固。

"据说工作上发生了纠纷……孝一对此也很抱歉。"

郁子的额头上暴起了青筋,吉村一家的表情都如死人一般。

屋内一片寂静,谁都没开口说话,只有一直播放的古典音乐静静流淌,就如同灵前守夜一般。

益男和郁子匆匆吃了几口蛋糕后就坐立不安,迅速决定跟久惠夫妇告别,而叶子和久惠夫妇也没有任何挽留之意。

不过,顺二在玄关处小声叫住了慌慌张张的益男。

"石田先生,借一步说话。"

几位女士在玄关寒暄告别，顺二和益男则在离玄关稍远的地方面对面站着。

顺二直截了当地问益男："孝一先生的真实想法到底是什么？他喜欢叶子吗？"

益男有些心惊胆战，但此时却说不出实话，只好回答说："那个……他说叶子小姐非常优秀。"

"那么，我可以理解为，孝一先生在认真考虑和我家叶子的婚事吗？"

"是的。"

顺二直勾勾地盯着益男。益男觉得就快要穿帮了，吓得面如土色。

"我明白了，那就没事了。"虽然顺二仍是一副无法接受的表情，但还是为益男让开了路。益男慌忙朝玄关走去。

吉村家一家三口送益男和郁子出了玄关，并且一直目送益男和郁子出门拐弯才离开。在挥手告别的叶子和久惠身旁，顺二一言不发，一直盯着益男。

完蛋了。最后竟然还敢面对面撒谎！

益男感到生无可恋，晃晃悠悠地走在回家的路上。

郁子的脸色也差到极点，疯狂地给孝一打电话。但孝一现在不可能接电话，因为他今天要上一整天的技术研修课，就是想钻这个空子，益男才特意选择今天去拜访叶子家。

"那个孩子是想气死我吗!"

看来郁子今天肯定要爆发了。

"郁子。"益男小心翼翼地叫了一声。

"干吗?!"郁子转过身,表情有些狰狞。

"一般来说,这种代理相亲……如果一方不想谈下去,但还是和对方见了几面之后才拒绝,这种情况应该很正常吧?"

"这应该没啥问题,毕竟双方也要相处的。"

"确实啊。"益男有些松了口气。

"不过,如果已经暗示想结婚,或让对方有所期待的话就应该不行了。这属于故意欺骗。最严重的会被看作'骗婚'。"

"骗婚?"

"对啊。一方只是单纯地想找结婚对象,而另一方却利用这一点来达成其他目的。比如发生肉体关系、劝人信奉某个宗教、搞传销,等等。所以,一旦发现有人目的不纯,就应该主动通知活动主办方,这一点在参加须知里写得很清楚啊。"

居然还要通报……益男心里咯噔一下。

"有这么夸张吗?"

"通报一下很正常的吧。毕竟这和普通的相亲不一样,从一开始双方父母就见了面的。要是真有人居心叵测,别说骗婚了,这就是正儿八经的欺诈!"

"欺诈!可是……"

"你干吗问这些啊。这些都是无所谓的事情吧,和我们又没什么关系。现在的要紧事是联系到孝一这个死孩子。"

妻子又开始拼命地给孝一打电话。看到这里,益男下定了决心。不管怎样,跟郁子坦白吧。在事态变得更加严重之前,两个人一起想一想对策。

"郁子,你来这边坐一下。"

回家后,益男在和室房间里正坐着,对面放着一个坐垫。

"什么事?"

郁子打了无数通电话、发了无数条信息,孝一一个都没回,这让郁子十分火大。于是她一脸烦躁地坐在了坐垫上。

"我有话要跟你说。其实……"

益男下定决定将真相和盘托出,没想到这时家里的固定电话响了。

"肯定是孝一!"

郁子脸色一变,跑去接起了电话。

"你到底想干吗……诶?"

看样子来电话的人不是孝一。因为郁子说着说着,语气开始变得郑重其事。也许对方不是熟人,郁子正歪着头仔细听。

"哎呀,是父母会呀,那时真是谢谢你们提供活动场地。"

"父母会"是主办那场代理相亲活动的公司。之前明明说只提供活动场地，对参与人员之后的交流和联系一概不过问，怎么突然给郁子打电话了呢？难道说……

"吉村叶子小姐？是的呀，她正在跟我家儿子交往。"

益男预感不妙。吉村家发现自己做的蠢事了吗？还是说这是通报电话……

"我们家……骗婚？"郁子拿着电话听筒，目瞪口呆地问。

果然……益男绝望地闭上了眼睛。

事后听郁子解释，益男才惊讶地发现受害者其实是自己一家。

吉村顺二、久惠和叶子三个人是一个"骗聘礼"的犯罪团伙。他们原本是一群在网上卖假货的诈骗犯，吉村夫妇卖假珠宝，叶子卖假奢侈品。然而在当今这个年代，电视和网络上都不断在教大家识破骗局，因此上当受骗的人越来越少。而且，由于汇款欺诈和退还纳税金欺诈手段日益猖獗，警方的调查也越来越严格。不知之后该怎么办的三个人突然发现了代理相亲这个活动，于是就想出了现在这个方法。吉村夫妇收养了叶子，成为法律上的一家人。

叶子确定结婚对象后，他们就收下聘礼，然后向男方提出在结婚前想一起生活一段时间。相处一段时间后，叶子再跑回家跟父母哭诉说："和他价值观不合，性格差异过大，希望结婚的事就当没说过。"双方再取消婚约。男方送的求婚戒指和聘礼自然不会归还，三人再去找下一个待宰羔羊。

　　这种欺诈方法巧妙在两点：第一，这和普通的骗婚不一样，父母从一开始就参与进去，所以大家几乎不会怀疑。第二，他们先提出订婚后一起生活，也就是说同居关系成立，也就不算未履行婚约，理论上没有归还婚戒的义务。换句话说，虽然被称作"骗婚"，但其实他们的做法并不构成欺诈，也不算违法。

　　虽然在骗到钱财之前要花很多时间，但不构成违法犯罪这一优点让他们愿意付出些时间。而且，每次男方家庭都以为吉村家是名流，给的聘礼都非常贵重。

　　顺二从没说过自己以前是医生，招待男方家庭的豪华公寓是租的，不过他们也从来没说过那是自己家。这一切都是男方家庭的推测，他们并没有说谎。也正因如此，他们才敢堂堂正正地使用真名行骗，趁代理相亲活动正热，在全国各地捞钱。而这一次，他们的目标不只有孝一，叶子还同时和另一家有点儿小钱的男方谈婚论嫁。他们特意选择中产之家，避开那些真正的有钱人，就是怕被真正的名流家庭调查身世。

　　不过，吉村一家这次可真不走运。因为他们去年在北海道骗过的男方家庭 A 和这次参加活动的男方家庭 B 是亲戚。

　　B 家之前收到过 A 家男孩订婚时的照片，所以在活动会场上看到吉村家时，一眼就认了出来。以防万一，他们通知了主办方"父母会"。"父母会"联系其他同行后发现，吉村家到处参加代理相亲活动，反复收取订婚聘礼。虽说不算违反法律，没法定罪，但骗婚这种行径会登上相亲行业的黑名单。之后，他们将被禁止参加任何相亲活动。

"没想到还有这种事……"

接完电话的郁子身心疲惫地回到和室房间，像被打垮了一般。

"我还以为叶子是个无可挑剔的好姑娘，我还以为孝一找到了一个好老婆。"

而益男比妻子受到的打击更加沉重，他完全没想过久惠竟然是个骗子……

"真是遗憾啊。不过这个时候真相大白，也算是不幸中的万幸吧。"益男这番话不仅是说给郁子听，也是说给他自己听。但是，他的鼻腔深处突然发酸，这比他之前经历过的失恋还要让他痛彻心扉。

不过，内心的某个角落也释然了。还好在进一步爱上久惠之前结束了这一切。更重要的是，因为孝一对叶子不感兴趣，所以没受什么损失。

多亏了孝一啊……

益男眼前浮现出长相普通，但一直诚实率真的孝一的脸庞。

孝一从小到大都让他们很不满。明明让他上四年制的大学，他却选择了修理师进修的技校。毕业后让他去大公司工作，他却跑去开修理店。作为父母，很心急他未来的发展，但他却固执地依照自己的意愿来生活。不过也正因为他看重自己的决定，才最终成长为一个能独当一面的男子汉。

人不可貌相。

益男想起两周前自己教育孝一的话。可是，那个只看人外表的人到底是谁呢？只有孝一一个人没被吉村家富裕奢华的表象所欺骗，一眼看穿了他们的本质。

我到底了不了解我儿子呢？益男挠挠头，不知道答案。

"我们该怎么跟孝一说呢？"郁子一脸为难，快哭出来了。

"我来跟他说吧。"

"真的吗？"郁子眼眶湿润地看着益男，对他说，"谢谢。孩子他爸果然是最靠得住的人啊。"

"嗯……"益男苦笑着，掐灭了香烟。

"你把孝一教育成了一个顶天立地的男子汉。"益男感慨地说，"他将来肯定会找到一个优秀的老婆。结婚这件事就让他自己来处理吧。"

"说得也是。代理相亲活动就此结束，我已经受到教训了。"郁子擦擦眼角，微笑着说。

指尖已长满细纹，手背上也布满斑点。年轻时圆润的双手现在瘦得只剩下骨头。妻子身上全是两个人共同生活的见证——两个人已经携手共度了四十多年的岁月。

"我画一画你吧。"

"嗯？"

"画你。你来当我的模特。"

郁子的脸颊越来越红，双手捂住眼睛说："才不要呢。"

"为什么？不是挺好的吗？"

"画我这个老太婆干吗，孩子他爸你也真是的。"郁子用双手捂住滚烫的脸蛋，从指缝间偷偷看着益男，"喂，我有想让你作画的东西。"

"让我作画？"

"我想烧制一个大盘子，直径大概五十厘米的那种。"

"然后让我在上面画画？"

"很早之前我就想这么做了。我不想在架子上和你的画争位置，我想和你一起创作出一件作品。花样就画喜林草就行，你不是很擅长画喜林草吗？"

"你知道啊？"

益男一直以为妻子从来不看他的画。

"那是当然了。"妻子笑着说，"蓝色的喜林草能让人内心平静，很适合画在大盘子上。这就拜托你了。"

"知道了。"

益男将烟头的烟灰抖进烟灰缸里。

仔细想想，这个烟灰缸也是妻子的作品。不过只上了青釉，看起来过于朴素，要是加上自己的画，应该会变得更华丽好看。还有茶杯、茶碗和花瓶——益男都想在上面画上一笔，构想一个接一个涌入脑海。

"这是我们俩的新合作。"

益男像做了一个美梦后自然清醒了一般，心里十分爽快。他站在走廊上眺望庭院，发现那里已经不再出现久惠的身影了。

"Konkatsu Chudoku" by Rikako Akiyoshi
Copyright © Rikako Akiyoshi 2017
All Rights Reserved.
Original Japanese edition published by Jitsugyo no Nihon Sha, Ltd.
This Simplified Chinese Language Edition is published by arrangement with Jitsugyo no Nihon Sha, Ltd. through East West Culture & Media Co., Ltd., Tokyo
Simplified Chinese translation rights © 2019 by New Star Press, Co., Ltd., Beijing China.
著作版权合同登记号：01-2019-4235

图书在版编目（CIP）数据

相亲中毒 /（日）秋吉理香子著；尹晓静译 . ——北京：新星出版社，2019.10
ISBN 978-7-5133-3618-5

Ⅰ.①相… Ⅱ.①秋… ②尹… Ⅲ.①短篇小说-小说集-日本-现代 Ⅳ.①I313.45

中国版本图书馆 CIP 数据核字（2019）第 140411 号

相亲中毒

[日] 秋吉理香子 著；尹晓静 译

责任编辑：王　欢
特约编辑：赵笑笑
责任校对：刘　义
责任印制：李珊珊
装帧设计：冷暖儿

出版发行：新星出版社
出 版 人：马汝军
社　　址：北京市西城区车公庄大街丙3号楼　100044
网　　址：www.newstarpress.com
电　　话：010-88310888
传　　真：010-65270449
法律顾问：北京市岳成律师事务所

读者服务：010-88310811　　service@newstarpress.com
邮购地址：北京市西城区车公庄大街丙3号楼　100044

印　　刷：北京美图印务有限公司
开　　本：910mm×1230mm　1/32
印　　张：5.625
字　　数：95千字
版　　次：2019年10月第一版　2019年10月第一次印刷
书　　号：ISBN 978-7-5133-3618-5
定　　价：42.00元

版权专有，侵权必究。如有质量问题，请与印刷厂联系调换。